Colofon

Auteur: Wendy de Liefde
Eerste druk
Uitgever: Adnan

Vormgeving omslag: Danny de Liefde
Opmaak binnenwerk: Uitgeverij Adnan
Redactie: Sanne Visch, Pen & Inkt
ISBN: 978-94-90983-99-4
NUR: 343

Een Streepje Tegen

Alles is ook liefde
Voor wie stilletjes verlangt
—
En voor wie denkt dat het te laat is
Ergens om de hoek wacht soms geluk

(uit Alles is Liefde – Bløf, 2007)

Proloog

Ik kan alleen nog maar voor me uit staren. Urenlang. Althans, zo voelt het. In werkelijkheid zijn het misschien nog geen vijf minuten waarin mijn gedachten alle kanten op gaan, voordat Maarten de stilte uiteindelijk doorbreekt. Wat ik vanavond wil eten. De woorden rollen als vanzelf over zijn lippen. Op de automatische piloot. Alsof het een dinsdag is als alle andere.

We staan voor het stoplicht, dat volgens de aftelklok over negen seconden weer op groen zal springen. De ironie. Mijn leven is nog geen twintig minuten geleden misschien wel permanent tot stilstand gekomen.

Vanmorgen had ik, na de onrustige nacht die ik al van mijlenver had zien aankomen, mijn gebruikelijke ochtendritueel uitgevoerd. Ik was om tien over half zeven opgestaan, waarna ik in mijn badjas en nieuwe geitenwollen sokken — die Maarten een paar dagen eerder namens de Sint in mijn laars had gestopt — de eikenhouten trap af was gelopen. Terwijl Maarten onder de douche was gesprongen, had ik het ontbijt klaargemaakt: magere kwark met zelfgemaakte granola, een handje ongezouten noten, gedroogde cranberries en wat honing en kaneel.

Nadat Jan de Hoop me had bijgepraat over het laatste nieuws, was ik zelf gaan douchen, met de radio zoals altijd op volumeniveau tien (iets met een onverklaarbare ronde cijfers-tic). Daarna had ik alvast een boodschappenlijstje opgesteld. Rond vijf voor half acht waren we in de auto gestapt en was er niets meer te ontkennen geweest. Het unheimische voorgevoel over deze dag had me — ondanks mijn diverse afleidingsmanoeuvres vanmorgen — al een uur of twaalf niet meer losgelaten.

Ik wist allang dat dit geen dinsdag zou worden zoals alle andere.

Mijn wederhelft legt zijn warme hand op mijn bovenbeen. Hij kijkt me bezorgd aan, zo zie ik als ik mijn hoofd — voor mijn gevoel in slow motion — zijn kant op draai. De sprekende blauwe ogen die me al vaak spontaan de zenuwen hadden bezorgd, maken me nu ergens juist rustig. Iets wat ik niet goed kan rijmen met de boodschap die we zojuist hadden gekregen. *Onderzoek, behandelplan, lichtpuntje.* Als een vastgelopen langspeelplaat blijven de woorden achter elkaar door mijn hoofd spoken.

Als de negen seconden voorbij zijn en we weer koers zetten richting huis, kan ik — ondanks meerdere verwoede pogingen van Maarten het gesprek te hervatten — nog nauwelijks een woord uitbrengen. Ik ben nog steeds als verdoofd als hij de auto uiteindelijk op de oprit tot stilstand brengt. Dit moet ik even verwerken. Alleen.

Oké, we hebben uitsluitsel. Maar de toekomst is onzekerder dan ooit.

Deel 1

2017

April

'Je straalt helemaal!' Yvon Jaspers geeft boer Hein, die net heeft bekend smoorverliefd te zijn geworden op een van zijn logees, met haar elleboog speels een por in zijn zij. Ze zitten samen op het terras dat aan zijn paardenfokkerij grenst. *De Cupido van de publieke omroep strikes again.*

Een gevoel van eenzaamheid overvalt me opeens. Over twee jaar word ik dertig, wat volgens mijn moeder betekent dat ik vanaf die dag officieel afgeserveerd ben. En als ik eerlijk ben leef ik momenteel niet het leven zoals ik dat als jong meisje voor me zag. Op mijn vijfentwintigste wilde ik getrouwd zijn, minstens één kind hebben gebaard en het leukste huis van de stad bezitten. Vooralsnog is alleen dat laatste gelukt, wat maakt dat ik me een beetje de Bridget Jones van Haarlem voel.

Terwijl Hein op het punt staat een van zijn overgebleven twee vrouwen naar huis te sturen, pak ik uit pure wanhoop mijn telefoon er maar weer eens bij. De eerste paar Tinder-profielen krijgen een veeg naar links. *Te kaal.* Swipe. *Te klein.* Swipe. *Bah, véél te arrogant. Denk je nou echt dat je een leuke meid scoort met een foto van jezelf en je vier zogenaamde 'nichtjes'? Triest figuur.* Swipe!

Ik neem nog een handje ongezouten nootjes en staar dan melancholisch uit het zolderraam van mijn jarendertigwoning. Twee eksters zijn druk in de weer een nestje te bouwen in de bloeiende lindeboom van de binnentuin. Ik zucht eens diep. Misschien is dat online daten wel gewoon niks voor mij. Alle datingapps heb ik ook wel ongeveer uitgespeeld. Maar Prince Charming staat ook niet ineens zomaar op de stoep. En in de kroeg hoef ik mijn grote liefde ook niet te zoeken. De meest geschikte kandidaten die ik in het uitgaansleven tref, lopen mij straal voorbij en koersen rechtstreeks op mijn beste vriendin Milou af. Die nota bene al sinds haar zeventiende verkering heeft met Bart. Maar ik snap ze wel. Wie wil er nou niet op z'n minst een praatje aanknopen met een lange, bloedknappe, rondborstige blondine, die goed gebekt is en ook nog eens een van de meest succesvolle vastgoedmakelaars van de stad als vader heeft? Café Royal is de afgelopen jaren een broedplaats voor mijn minderwaardigheidscomplex geweest. En áls ik dan, meestal na een paar glazen Chardonnay, een keer met mijn tong in de mond van een stadsgenoot val — of in zijn bed beland — komen hij en ik daarna nooit verder dan de eerste officiële date. Negen van de tien keer ben ik degene die al snel de stekker eruit trekt. Zelfs als de man in kwestie een meer dan goede indruk heeft weten achter te laten. Ik ben ook veel te kritisch. Of eigenlijk: veel te bang om weer gekwetst te worden.

Ik geef vooral Noud de schuld van de extreme onzekerheid die ik de afgelopen jaren ontwikkeld heb. Toen mijn eerste grote liefde me destijds van de een op de andere dag verliet voor de receptioniste van onze sportschool, stortte mijn wereld in. Met Noud wilde ik trouwen. Een hypotheek afsluiten. Een labrador nemen. Maar vooral hoopte ik met hem mijn ultieme levensdoel waar te maken: moeder worden. De onverwachte breuk met Noud, maar vooral het pijnlijke verwijt van mijn eigen moeder dat ik haar daarmee het grootouderschap had ontnomen, waren voor mij reden genoeg geweest een nieuw leven te starten in de provinciehoofdstad — en alle Amsterdamse schepen per direct achter me te verbranden. Behalve de woonboot van mijn vader aan de Amstel dan, de enige plek waar ik me de afgelopen jaren wél thuis had gevoeld, elke keer als ik bij pap op bezoek was.

Acht jaar na dato heb ik nog altijd de grootste moeite het mannelijk geslacht te vertrouwen. Tegelijkertijd proberen mijn moeder en ik de draad voorzichtig weer op te pakken. Mede dankzij mijn tweeënhalf jaar jongere zusje Charlot, die ons onbewust al jaren met elkaar verbonden houdt. Ze is in alles het tegenovergestelde van mij. Charlot leeft met de dag en steekt haar energie liever in haar beautysalon dan in haar eigen familie. Maar ook qua uiterlijk zijn we tegenpolen: zij heeft de lengte van mijn vader en de dikke blonde krullen en smaragdgroene ogen van mijn moeder. Ik daarentegen kwam nooit verder dan één meter achtenzestig en moet het doen met de rossige lokken en sproeten die ik van mijn oma heb geërfd. Niet alleen op school, maar ook thuis voelde ik me er altijd een beetje een buitenbeentje door.

Naast dat ik liever haar looks had gehad, is er nog iets waardoor ik al jaren tegen wil en dank tegen mijn jongere zusje opkijk. Waar ik op mijn twintigste opeens weer single was en in een zwart gat viel, kwam zij eenmaal op dezelfde leeftijd op een roze (of eigenlijk blauwe) wolk terecht toen ze na een onenightstand zwanger raakte van mijn neefje Daan. Hoewel we nooit zo'n hechte zussenband zullen krijgen zoals je die vaak in films ziet, zijn we sinds de komst van Daan wel iets closer geworden. Al heb ik het feit dat mijn jongere zusje eerder van het moederschap mag proeven dan ik, nooit helemaal los kunnen laten.

Iets voor half tien is Boer Zoekt Vrouw afgelopen en loop ik naar de badkamer voor mijn avondritueel. Terwijl ik mijn tanden poets, neem ik mezelf eens goed op via de spiegel. Mijn haar heb ik zoals elke avond in een bescheiden staartje gebonden. Ik schrik een beetje van de donkere kringen onder mijn ogen en glij er voorzichtig met mijn vingers overheen. Misschien is het niet onverstandig nu al te gaan slapen. Morgen gaat de wekker om zes uur en het belooft een lange, maar vooral bijzondere dag te worden.

Al ben ik me van dat laatste op dit moment nog niet bewust.

Het schemert nog als ik rond kwart over zeven het grasveld van de Haarlemmerhout op loop. *Een van de eersten, hoe kan het ook anders.* Ik ben net zo'n pietjeprecies als mijn vader.

Ik geef nu zo'n zeven jaar les op De Akker, waarvan de laatste twee schooljaren aan groep zeven en acht. Juf worden was altijd een droom van me, later ook gestuurd door mijn eierstokken die al sinds mijn pubertijd non-stop tekeergaan. De komst van Daan heeft het verlangen ooit een miniversie van mezelf op de wereld te zetten, alleen maar versterkt. Op De Akker begon ik bij de kleintjes, maar door een tekort aan bovenbouwdocenten geef ik nu dagelijks les aan kiddo's met meer aandacht voor hun Instagram-feed dan voor materie waar ze de rest van hun leven profijt van hebben. Dat besef tot hen laten doordringen is elke dag opnieuw een uitdaging. Toch zou ik niet meer willen ruilen. Hoe jonger de kinderen in mijn omgeving, des te lastiger vind ik de confrontatie met hen. Wat een vooralsnog onvervuld verlangen naar het moederschap al niet met je doet.

Vandaag is de jaarlijkse sportdag, maar echt zin heb ik er deze keer niet in. Als ik richting de aan mij toegewezen locatie loop, zie ik tot mijn verbazing dat daar al iemand bezig is het parcours uit te zetten. Ik herken hem zo van achteren niet direct als een van mijn collega's. Verward vis ik het keurig opgevouwen dagprogramma uit mijn sporttas. *Ja, dit is echt mijn onderdeel voor vandaag. Deze persoon is vast verdwaald.*

'Eh sorry, maar moet jij hier zijn?' vraag ik eenmaal aangekomen op de plek iets botter dan de bedoeling was, terwijl de lange, atletisch gebouwde man voorovergebogen met zijn rug naar mij toe staat. Mijn blik dwaalt onbedoeld af naar zijn billen. Ik voel mijn wangen knalrood worden als hij zich omdraait en me direct recht in de ogen aankijkt.

'Dat is nog eens een openingszin!' lacht hij breeduit.

Zo hé, die mag er wezen! Lang, blond én *knap.* Ik kan wel door de grond zakken. Direct bied ik mijn excuses aan voor mijn onhandige actie en stel ik mezelf voor.

'Hoi Sarah, ik ben Maarten, van OBS De Vier Windstreken,' zegt hij als hij een van zijn lange armen naar me uitstrekt. 'Vandaag ingevlogen om samen met jou die bijdehante koters in het gareel te houden.'

Mede dankzij het gezelschap van Maarten vliegt de dag voorbij. Als we om iets over half vijf samen naar zijn auto lopen — waar mijn fiets vlakbij blijkt te staan — betrap ik mezelf erop dat ik het jammer vind dat onze wegen op het punt van scheiden staan.

Ik ben blijkbaar niet de enige.

'Hé, had je eigenlijk al plannen voor het eten? Ik ken namelijk nog wel een goede strandtent. De visschotels zijn er van Michelin-kwaliteit!'

De vraag overvalt me en ik denk aan de vegetarische frittata die ik voor vanavond op het menu had staan. De eieren in de koelkast zijn maar beperkt houdbaar. *Ja, net als je eigen eitjes, Saar*. Jezus, als ik zo volgens het boekje blijf leven wordt het natuurlijk nooit wat met dat huisje-boompje-beestje. 'Nee, eigenlijk nog niet,' antwoord ik dan. 'Hoe laat had je in gedachten?'

Het is tegen zevenen als ik ietwat oververhit mijn fiets in een van de lege rekken op de boulevard van Bloemendaal manoeuvreer. Mijn mond is kurkdroog, en niet alleen van de geleverde inspanning. Het liefst maak ik nu rechtsomkeert. Niet gek ook: mijn laatste echte date kan ik me niet eens meer herinneren. Onder de douche had ik het plotseling Spaans benauwd gekregen en had ik zelfs even de neiging Maarten af te bellen. Ik had direct Milou gebeld voor advies, die zoals verwacht onverbiddelijk was geweest. 'Jij gaat uit eten met die gast of ik haal je nú uit mijn Netflix-account.' Tegen dat dreigement kon ik niet op.

Ik zet mijn fiets op slot en pak mijn telefoon uit mijn leren crossbody tasje, dat matcht met het groene wollen vestje dat ik over mijn nieuwe jumpsuit met bloemenprint had aangetrokken. Na wat getwijfel had ik als finishing touch uiteindelijk toch voor sandaaltjes gekozen in plaats van voor mijn pumps. Ik wilde niet overdrijven.

Na een blik op mijn verhitte hoofd en verwaaide coupe met de selfie-stand van mijn telefoon, besluit ik dat ik een volgende keer toch beter de bus kan pakken. Dan loop ik richting de afdaling naar het strand. Zelfs aan zee is de wind extreem zacht voor de tijd van het jaar, voel ik nu pas. *Fijn. Dat komt mijn tomatenkop natuurlijk niet ten goede.* Voor ik alsnog compleet in paniek kan raken, loopt Maarten me vanaf het naastgelegen parkeerterrein al enthousiast zwaaiend tegemoet. Hij draagt een donkergroene korte broek met witte sneakers en erboven een vrolijk wit shirt met palmbomen erop. Het staat hem goed. Ik zwaai glimlachend terug en besluit dan te gaan genieten van deze avond. Eenmaal binnen in het paviljoen — waar godzijdank een prima temperatuur heerst — kiezen we een plekje bij het raam, waarna Maarten erop staat mijn stoel aan te schuiven. *Toe maar, daar scoort-ie punten mee.* Ik moet me inhouden Milou niet meteen weer te appen.

Zodra hij voor me zit, spot ik een moedervlek naast een van zijn amandelvormige ogen, die de kleur van de Atlantische Oceaan hebben. Het geeft hem een vriendelijke uitstraling. Als hij dan ook nog eens als een volleerd fotomodel zijn hand door zijn lange blonde lokken haalt, vraag ik me pas echt af of ik niet veel te min voor hem ben. Alsof ik met Leonardo DiCaprio aan tafel zit.

'Zo, daar zitten we dan!'

Voor een kort moment vrees ik voor de zoveelste datedeceptie. Maar in tegenstelling tot de kerels die eerder tegenover me hadden gezeten, blijkt Maarten in de uren die volgen meer inhoud te hebben dan zijn openingszin van vanavond deed vermoeden. En dat is nog zacht uitgedrukt. Hij vertelt zijn hele leven al in Velserbroek te wonen. Hij groeide er als enig kind op in een warm gezin. Zijn ouders runden een slagerij, tot zijn vader vijf jaar geleden de diagnose ALS kreeg. Maarten was toen vierentwintig en woonde nog thuis, bij gebrek aan andere opties vanwege de oververhitte huizenmarkt. Toen het steeds slechter ging met zijn vader en die ook nog eens dement werd, verkocht de familie de toko. Zijn moeder stopte tijdelijk met werken, om samen met haar zoon voor haar zieke man te zorgen. Om zijn ouders en zichzelf te kunnen onderhouden, kluste Maarten naast zijn werk als gymleraar bij als automonteur. Dat doet hij overigens nog steeds, zo vertelt hij gepassioneerd.

Het ziekbed van Maartens vader had maar kort geduurd. Vier dagen voor zijn zestigste verjaardag overleed hij, met zijn vrouw en zoon aan zijn zijde.

In de seconden die volgen, zoek ik naar de juiste woorden. Ik vind ze niet. 'Jee, ik ben er stil van,' krijg ik uiteindelijk met moeite over mijn lippen.

Maarten trekt de hoeken van zijn grote mond omhoog, wat me opnieuw doet smelten als een Cornetto in de volle zomerzon. 'Ach, weet je, natuurlijk wil je je vader niet kwijt, maar zo'n lijdensweg gun je je ergste vijand nog niet. Het is goed zo. Ondanks dat hij niets liever wilde dan opa worden.'

Mijn hart maakt een sprongetje. Het voelt wat ongepast in deze context. Op de achtergrond zet Prince het refrein van *Purple Rain* in.

'En het klinkt onwijs cliché, maar ik probeer nu wel echt alles uit het leven te halen. Mijn glas is dan ook vaker halfvol dan halfleeg. Speaking of, deze mag wel weer eens bijgevuld worden.' Hij wijst naar mijn glas waar op dat moment nog een bodempje spa rood in zit, en maakt tegelijkertijd zijn ogen groot. 'Wil jij nog wat drinken?' Maarten steekt zijn hand in de lucht en kijkt de ruimte rond, op zoek naar de bediening.

Nu pas valt me op dat zijn armen net zo glad zijn als zijn kin. Zou hij ze scheren? En zijn benen? Niet dat het me eigenlijk ook maar iets uitmaakt. Dat deze hottie überhaupt met mij op date wilde, is al een godswonder.

Een ober loopt met een notitieblok in zijn hand onze kant uit. 'Had je trouwens al iets te eten uitgezocht van de kaart?' vraagt Maarten dan. 'Laten we bestellen, dan kun je daarna de rest van de avond over jezelf vertellen. Want tot nu toe ben ik alleen nog maar aan het woord geweest.'

Na het eten maken we nog een korte strandwandeling. Hoewel ik me deze avond enorm op mijn gemak heb gevoeld bij Maarten, maakt hij me tegelijkertijd ook bloednerveus. Eenmaal terug bij mijn stadse omafiets trillen mijn handen tot mijn eigen frustratie zo hevig dat ik de grootste moeite heb het slot los te krijgen. Ik voel het schaamrood op mijn kaken branden.

'Wacht maar, laat mij maar even.'

Voordat de geëmancipeerde vrouw in mij kan tegenstribbelen, heeft Maarten mijn sleutels al overgenomen. *Een goed uitziende sportieve vent, met een verhaal, die nog handig is ook — ik heb wat te vertellen als ik straks thuiskom. Milou zit vast al met smart op mijn bericht te wachten.*

'Zo, mevrouw, u kunt er weer tegenaan.'

'Fijn. Dank je.'

Maarten veert op uit de gebukte houding waar ik het voor de tweede keer vandaag bloedheet van krijg en draait zich dan om. *Wat is hij toch lang!* In een reflex doe ik een stap naar achter om hem ruimte te geven, waarop hij er meteen weer één naar voren zet en mijn bescheiden borsten zijn slanke buik raken. Ik slik. Het is een tijd geleden dat ik zo dicht tegen iemand aan stond. Een vleugje Jean Paul Gaultier waait mijn neus in, wat me er opeens aan herinnert dat ik zelf geen luchtje heb opgedaan vanavond. *Maar wel lekker lopen zweten op die fiets net. Goed bezig, Saar.*

Als ik snel de sleutels uit zijn handen wil pakken

om hem (en mezelf) voor een mega-afknapper te behoeden, houdt hij ze speels omhoog. 'Ho ho, voor niets gaat de zon op, hè?' Maarten geniet zichtbaar van het moment en lijkt zich niet te storen aan eventuele onaangename lichaamsgeuren.

Voor ik het weet buigt hij zich naar voren en voel ik zijn zachte lippen op de mijne. Al gauw raken onze tongen in elkaar verstrengeld, waardoor er een golf van opwinding door me heen schiet.

Ik geef me volledig over aan de kus, die van mij de rest van de avond mag duren. Dan bedenk ik me dat ik vanavond geen druppel Chardonnay heb gedronken.

2017

Mei

'Kijk nou dan!' roept Maarten over zijn schouder naar mij, zijn ene arm voor zich uitgestrekt. Hij fietst een paar meter voor me en geniet zichtbaar én hoorbaar van de kleurrijke bollenvelden om ons heen.

'Blijft een mooi gezicht, hè?' antwoord ik als een ouder stel op twee e-bikes ons gepasseerd is en ik weer naast hem fiets.

De lucht is strakblauw en de temperatuur is zomers, waardoor ik vanmorgen had besloten mijn zalmkleurige jurkje met veertjes erop aan te trekken. Het decolleté ervan is wat dieper dan ik gewend ben, maar op de een of andere manier brengt Maarten de vrouwelijke kant in mij naar boven. Meer dan andere mannen ooit gedaan hebben. Na drie meer dan geslaagde dates, twee op het strand en een bij mijn favoriete ijssalon, hadden we besloten er vandaag een sportieve dag van te maken. Dankzij het mooie weer is het deze zondag afgeladen op de wegen in en rond de Bollenstreek, maar dat mag de pret niet drukken. We zijn nog geen uur op pad en hebben nu al de grootste lol samen.

Een klein half uur later besluiten we een pauze in te

lassen. Onze fietsen parkeren we tegen een boom.

'Wil je banaan-mango of grapefruit-ananas?' vraag ik, terwijl ik in de fietstas graai en daarna de zelfgemaakte smoothies in de lucht hou.

'Kies jij maar, ze zijn ongetwijfeld allebei even lekker,' antwoordt hij van een paar meter verderop. Hij zit inmiddels op een houten bankje dat uitkijkt op vier velden vol gele, oranje en paarse tulpen. Zijn armen legt hij uitgestrekt op de leuning achter zich. Als ik naast hem heb plaatsgenomen, verplaatst Maarten een ervan naar mijn schouder, die hij liefdevol vastpakt. Vanbinnen gloei ik. Ik kan me niet herinneren wanneer ik me voor het laatst zo voelde. Zo... alsof ik ertoe doe. Ik leg mijn eigen hand over de zijne, terwijl we allebei dromerig voor ons uit staren. Al snel vallen onze vingers als een puzzel in elkaar.

Het voelt vertrouwd. Eng vertrouwd.

'Had ik al gezegd dat je er leuk uitziet vandaag?' vraagt Maarten dan, terwijl hij me van top tot teen scant. Zijn ogen blijven kort hangen bij het spleetje tussen mijn borsten. Ik doe alsof ik het niet doorheb, maar voel me op dit moment de meest geadoreerde vrouw op aarde.

'Nog niet,' antwoord ik plagerig.

'Ooh, wat kun jij sléćht liegen, bijdehand!' Hij trekt me grinnikend naar zich toe en drukt een lange kus op mijn mond, waarna hij zijn blik weer op de horizon richt. Ik daarentegen kan mijn ogen maar niet van hem afhouden. Zo blijft zijn onmenselijk brede kaaklijn me intrigeren. De gezonde rode blos op zijn konen en de glinstering van de hoogstaande zon in zijn ogen, maken hem zo mogelijk nog aantrekkelijker.

Dan kijk ik weer voor me. In de verte varen wat bootjes voorbij. Ik hef mijn neus op en adem de lente in. De zoete geur van de velden voor me doet me denken aan de bloemenzaak waar ik als tiener een zakcentje verdiende. Een van mijn leukste zomerbaantjes ooit.

Zonder dat hij me aankijkt, vervolgt hij na een paar flinke slokken van zijn smoothie: 'We hebben het eigenlijk best leuk samen, hè, Saar?'

De witte vlinder met zwarte vlekjes die net voorbijvloog — een koolwitje, zo leerde ik ooit van mijn vader — lijkt zich plots in mijn buik te hebben genesteld. Met honderden van zijn vriendjes. In tegenstelling tot Maarten, die blijkbaar dorst had, krijg ik op dit moment niets door mijn keel.

'Joah, het gaat best oké,' lach ik mijn zenuwen weg.

Dan draait Maarten zijn hoofd weer naar me toe en kijkt hij me doordringend aan. *Die ógen.* Door de warme bries waait mijn jurk af en toe subtiel omhoog, maar ik laat de wind zijn gang gaan. Hij verplaatst zijn vrije hand naar mijn bovenbeen. De warmte ervan gaat dwars door het dunne stofje, waardoor er opeens gevoel komt in een deel van mij dat al een tijdje geen aandacht meer heeft gekregen.

Opeens voelt het alsof de spanning die zich de afgelopen weken tussen ons heeft opgebouwd, weleens heel snel tot een climax zou kunnen komen.

Maarten zit blijkbaar heel ergens anders met zijn hoofd, zie ik aan de strenge blik op zijn gezicht. Hij ademt eens diep in en zegt dan: 'Misschien heb ik het mis, hoor,' hij pauzeert even, 'maar ik vermoed eerlijk gezegd dat jij net zo over ons denkt als ik.'

'Is dat zo?' vraag ik, terwijl ik nu pas echt hartkloppingen krijg. Een jongen en meisje van een jaar of zestien parkeren hun scooter een paar meter verderop en lopen dan tussen de bollen door het veld in. 'Hé, dat mag toch helemaal niet?' roep ik, al wijzend naar de twee.

'Geen idee. Leven en laten leven, toch? Maar eh, volgens mij zaten we net midden in een goed gesprek.'

'Ja. Sorry…'

'Ik ben voor je aan het vallen, Saar,' vervolgt hij, terwijl de tortelduifjes voor ons zich opmaken voor een fotoshoot.

Ik schrik van Maartens plotselinge liefdesverklaring.

'Alleen vraag ik me wel iets af,' gaat hij verder als het naast hem stil blijft. 'Wat is er gebeurd dat jij, als het je ook maar een beetje te heet onder de voeten wordt, alles afdoet met een grapje? Of het op een ander onderwerp gooit? Ik ben bereid te investeren in jou, in óns, maar dan wil ik wel kunnen begrijpen waar je vandaan komt.'

Hij heeft gelijk.

'Ik snap je. Nou ja, kijk...' Ik weet even niet waar ik moet beginnen en wrijf nerveus met mijn vinger tegen mijn neus. 'Oké,' zeg ik dan.

Nu is het mijn beurt mijn hand op zijn been te leggen. Met de andere zet ik mijn nog volle flesje op de grond, waarna ik ook die op Maartens dij parkeer. Maarten wrijft in afwachting van wat er komen gaat zachtjes over de rug van mijn handen. *Je kunt bij mij alles kwijt,* lees ik in zijn ogen.

Ik neem een teug lucht en verklaar dan: 'Kijk, ik heb gewoon een enorme klap gehad van Noud, die jongen waar ik je al eerder over vertelde. Hij heeft mijn vertrouwen in mannen gewoon zó... verpest.'

Ik leg mijn handen weer in mijn eigen schoot en kijk er dan naar. Alsof in mijn palmen een handleiding ligt. Eentje die me kan vertellen hoe ik me vol vertrouwen kan storten op iemand op wie ik stapelverliefd aan het worden ben. Zonder continu bang te zijn opnieuw op mijn bek te gaan.

'Maar ik ben geen Noud.'

'Nee... nee, dat weet ik. Jij bent... anders. En dat maakt het ook allemaal zo eng voor mij.'

'Dat snap ik. Maar, hé,' Maarten pakt mijn beide handen vast en probeert in mijn ogen mijn vertrouwen te winnen, 'ik heb geen haast, hè? Ik wil alleen weten of onze neuzen dezelfde kant op staan. Of we, en ik zeg het nu gewoon zoals ik het voel, een toekomst met elkaar zien.'

Mijn maag keert zich om bij het woord 'toekomst'. Tegelijkertijd voelt dit alsof het de bevestiging is die ik zo hard nodig heb. 'Ik wil gewoon zeker weten dat ik de juiste keuze maak.'

'Zekerheid heb je nooit, lieve Sarah.' *Verdomme, waarom is die vent toch zo wijs? Het lijkt mijn vader wel.* 'En nogmaals: we kunnen het lekker rustig aan doen. Weet je, je kunt alles wel uitgestippeld willen hebben, maar het loopt toch anders dan je plant. Altijd. En zonder af en toe wat risico te lopen, is het leven maar saai, toch?'

'Feit.'

'Dus,' zegt Maarten dan, terwijl hij opstaat en zijn lege flesje in de prullenbak naast het bankje gooit. 'Klaar om wat risico te nemen?' Ik kijk hem vragend aan. Dan pakt hij lachend mijn hand en lopen ook wij richting de bollenvelden. 'Want zonder een fotoshoot tussen de bloemen tel je natuurlijk tegenwoordig niet mee.'

Die avond zitten Maarten en ik knus tegen elkaar aan op mijn beige IKEA-bank. Ik heb mijn knieën opgetrokken en leun tegen zijn schouder. Een van zijn handen rust voor de tweede keer vandaag op mijn dijen, met die van mij erbovenop. Zijn benen mocht hij van mij op tafel leggen – mits hij zijn schoenen uit zou doen.

'Doe vooral alsof je thuis bent,' had ik gezegd toen Maarten een paar uur eerder voor het eerst een stap in mijn studio had gezet. Hij was onder de indruk van de opgeruimde aanblik. Trots had ik hem de rest van mijn nederige stulpje getoond, waarna we aan het eten waren begonnen.

The Hangover 2 is net gestart op RTL5. Op de glazen salontafel (die ik vanmorgen voor de zekerheid nog even goed gepoetst had) staat een halfvolle fles Sauvignon. Een deel ervan zit nog in mijn glas. Maarten is inmiddels overgestapt op het bier. Naast de fles liggen onze zelfgemaakte minipizza's. Of althans, wat er nog van over is. Ze hadden goed gesmaakt, al waren het niet alleen de pizza's waar ik al de hele dag naar had verlangd.

'Maar vertel eens,' onderbreek ik ons gesprek over het vermoedelijke aantal calorieën dat we vandaag verbrand én verorberd hebben. 'Wat vind je nou zo leuk aan jouw baan? De hele godganse dag sporten, pff, ik moet er niet aan denken!'

'Ik eigenlijk ook niet meer,' antwoordt Maarten tot mijn verbazing bloedserieus.

'O,' zeg ik dan kortaf, bij gebrek aan een betere reactie. Ik draai mijn hoofd zijn kant op en zet mijn glas weer op tafel. 'Ben je op zoek naar iets anders?'

'Neuh, dat niet.' Het blijft even stil.

'Maar?'

'Nou ja, voor een gymleraar verdien ik best lekker.

Maar precies wat je zegt: het is intensief werk. Kijk, een kantoorbaan zou ook niets voor mij zijn. Stilzitten is nou niet bepaald mijn ding.' Hij neemt een slok van zijn bier. 'Maar de laatste tijd vraag ik me wel af of ik de rest van mijn leven elke avond gesloopt wil thuiskomen. Ik merk nu al dat ik fysiek aftakel, en dan moet ik nog dertig worden.'

'Ja, dat snap ik wel. Ach, je kunt altijd je oren en ogen open houden, toch?' Ik spreek de woorden moeiteloos uit, alsof afwijken van de gebaande paden voor mij de normaalste zaak van de wereld is. Hoewel mijn werk op De Akker mij inmiddels ook niet meer de voldoening geeft die ik zoek, lijkt het me doodeng om op iets nieuws te solliciteren.

'Zeker, maar voorlopig heb ik andere prioriteiten.' Dan zet Maarten zijn flesje op tafel en draait hij zich naar me toe. Hij buigt zich over me heen als een soort Bokito junior, waardoor ik niet anders kan dan me op mijn rug te draaien. Hij hangt nu boven me, waarbij onze neuzen elkaar op een haar na raken. Zijn warme adem over mijn gezicht en borst bezorgen me kippenvel. In mijn beha voel ik mijn tepels zich klaarmaken. Minutenlang (voor mijn gevoel dan) bedrijven onze ogen de liefde met elkaar. Hij trekt een mondhoek omhoog en er verschijnt een kuiltje in een van zijn wangen. Dan zoent hij me op een manier die ik nog niet kende, maar die me meer dan goed bevalt. Zijn hoofd tussen mijn handen. Zijn handen door mijn haar. Onze tongen in volledige harmonie met elkaar. De familie Koolwit is weer terug van weggeweest. Het bloed trekt langzaam weg uit mijn hoofd als hij dan — zijn tong nog steeds innig verstrengeld met de mijne — voorzichtig met zijn lange vingers onder mijn jurk verdwijnt. Voorzichtig tasten ze de omgeving onder het dunne katoen af. Ik merk dat ik zwaarder ga ademen.

Net als alles in me schreeuwt dat hij vooral door moet gaan met wat hij dan ook met me doet, trekt hij zijn hand terug. Even ben ik in de war.

'Hoe voelt dit?' vraagt hij dan, met een bijna bezorgde blik in zijn ogen.

'Eh, goed. Ja, heel goed,' antwoord ik en ik knik instemmend.

'Mooi.' Hij kust me opnieuw en duwt subtiel mijn spaghettibandjes over mijn schouders. Dan strelen zijn vingertoppen de stof van mijn beha, die inmiddels zichtbaar is geworden. Op de achtergrond worden Phil, Alan en Stu net wakker in een hotelkamer in Bangkok.

'Ik dacht dat jij het lekker rustig aan wilde doen,' grijns ik.

'Klopt, maar ik ben vooral een man die op zijn gevoel afgaat. En dit voelt nu goed, maar dat wilde ik ook even bij jou checken.'

'Nou, eigenlijk,' bouw ik de spanning nog even op, terwijl ik mijn handen onder zijn shirt laat glijden en zijn gladde borstkas streel, 'eigenlijk zet ik deze stap normaal gesproken alleen met mijn vriend.' Ik kijk hem nu uitdagend aan. 'Misschien uhm... wordt het tijd me officieel verkering te vragen?' Nooit had ik gedacht dat ik die laatste zin al na nog geen twee maanden daten met iemand zou uitspreken. Maar dit is Maarten, allang niet meer zomaar iemand.

Hij staakt zijn handelingen en kijkt me met een glinstering in zijn ogen aan. 'Fijn dat we er hetzelfde in staan, Saar.' Ik glimlach. 'Maar even: verkering vragen is voor kleuters, hè? Ik mag toch hopen dat inmiddels wel duidelijk is wat ik voor je voel. Wat mij betreft gaan we ervoor.'

'Jawel...'

'Niet? Anders wil ik dat nog wel even wat duidelijker maken, hoor.' Maarten buigt zich nu naar mijn oor en begint zachtjes op mijn oorlel te sabbelen. *Holy moly, ik hou het bijna niet meer!*

'Ik ben een vrouw,' hijg ik, 'die hebben bevestiging nodig.'

'Dan zijn we bij deze een stelletje, zo goed?'

'In elk geval een stelletje geile beren!' Nu is het mijn beurt hem te beklimmen. Mijn jurk hangt inmiddels op mijn heupen. Ik zet de tv uit en schuif op Maartens schoot, waardoor mijn slipje op zijn kruis belandt. Zijn ogen kijken dwars door mijn beha heen. Ik voel de opwinding duidelijk achter zijn gulp en samen trekken we eerst zijn T-shirt uit en daarna mijn jurk. Het duurt niet lang voordat ook de rest van onze kleren op de grond belandt. Terwijl ik de boel beneden verken, valt me op dat hij inderdaad nauwelijks haar heeft. Behalve op zijn hoofd dan. Nou ja, wel lekker fris.

'Just to be sure, je weet zeker dat jij dit ook wil?' vraagt Maarten dan nogmaals als we ons verplaatst hebben naar mijn bed en hij weer bovenop mij is gekropen. Hij staat op het punt een condoom bij zichzelf om te schuiven. Ik kan mijn ogen maar nauwelijks van hem afhouden. *Wat heeft die man toch een sportief lijf!*

'Niets liever,' kreun ik, terwijl hij zijn gezicht hijgend in mijn nek begraaft en een aangename mix van Jean Paul en Eau de Maarten mijn neusgaten vult.

Als we allebei ons hoogtepunt bereikt hebben en ik met mijn oor op zijn borst naar zijn ademhaling luister, voel ik me meer dan een gelukkig vrouw. En concludeer ik dat mezelf openstellen voor deze man — letterlijk én figuurlijk — misschien wel de beste beslissing van mijn leven kan worden.

2017

December

Ik kan er niets aan doen, maar als ik mijn blik over de eettafel laat gaan — die door ruimtegebrek in de woonkamer is geplaatst — voel ik een lichte teleurstelling opkomen. Op de tafel staan twee gourmetschalen, met op de één wat shaslicks en op de ander een paar in kwartjes gesneden hamburgers. Het aanbod groenten is al net zo teleurstellend. We moeten het doen met een in plakjes gesneden komkommer en een handjevol snoeptomaatjes. Zelfs sla ontbreekt. In de keuken wordt zo te ruiken nog een stokbrood afgebakken. Voor me staan ook twee gourmetstellen, waarvan ik de rechter nog ken uit mijn jeugd. Terwijl ik mijn zwarte blazer uittrek en die over de leuning van mijn stoel hang, vraag ik me af of het niet levensgevaarlijk is om het apparaat na al die jaren nog te gebruiken. Om de lieve vrede te bewaren slik ik mijn zorgen in. Hetzelfde geldt voor de vraag of de gastvrouw nog aan iets vegetarisch heeft gedacht.

Het is eerste kerstdag. Vanmiddag net na de lunch waren Maarten en ik afgereisd naar het kleine appartement van mijn moeder in Amsterdam-Centrum. Ook Charlot is van de partij met Daan, net als mijn moeders nieuwe vriend Dirk. Mijn vader zie ik traditiegetrouw op 27 december. Als typische einzelgänger waren familieverplichtingen vóór de scheiding al nooit zijn ding. Het gezelschap van zijn rode poes Pringles, vernoemd naar zijn favoriete snack, volstaat voor hem al jaren. Naast de bezoekjes van zijn dochters dan. Al heeft hij, als ik hem mag geloven, Charlot al in geen maanden gezien.

Maarten is aan het uiteinde van de tafel tegenover Dirk neergezet. Hij ziet er vandaag weer verdomd goed uit in zijn witte blouse, blauwe pantalon en cognackleurige riem en schoenen. Ik neem plaats tegenover mijn zus. Mijn moeder — die geen moeite gedaan lijkt te hebben een feestelijke outfit aan te trekken — gaat, als alles op tafel staat, rechts van me zitten. Mijn zus drukt Daan een iPad in zijn hand, om hem het komende uur zoet te houden met Angry Birds. Ik neem de situatie vol verbazing in me op. Zelf zou ik het mijn kinderen nooit aanleren tijdens het eten met iets anders bezig te zijn dan het tafelgezelschap. Ook als moeders zouden we als water en vuur zijn.

Een plotselinge kriebel vult mijn buik. De afgelopen vrijgezelle jaren hadden me ruim de tijd gegeven na te denken over het juiste moment voor Het Gesprek met mijn toekomstige partner. Elkaar eerst een half jaar aftasten had me verstandig geleken. Na zes maanden weet je wel of je in iemand een toekomstige vader ziet, toch? Of juist niet, natuurlijk. Mijn keuze om dit voorjaar op het strand al meteen mijn kinderwens op tafel te gooien, had Maarten tot mijn grote vreugde niet afgeschrikt. De afgelopen tijd was het onderwerp 'nageslacht' meerdere keren oppervlakkig ter sprake gekomen, maar nog niet eerder ging de kogel definitief door de kerk.

Vandaag voelt het als het juiste moment. Ondanks dat onze relatie nog pril is, heb ik het volste vertrouwen in een toekomst voor ons samen. Waarom dan nog langer wachten mijn grootste droom in vervulling te laten gaan? Vanavond trek ik de stoute schoenen aan.

Na het eten help ik mijn moeder in de keuken met de afwas. Haar eeuwenoude woning aan het Spui bood geen plek meer voor een vaatwasser. In de hokkerig ingerichte woonkamer zit Charlot op haar telefoon op de bank, terwijl Daan aan de eettafel nog altijd helemaal opgaat in het lanceren van boze vogels met een katapult. Ook Dirk en Maarten zijn nog niet van tafel. Zo te horen zijn ze druk in gesprek over hun gemeenschappelijke passie voor oldtimers.

'Gaat het nog steeds goed tussen jullie?' vraagt mijn moeder als ik een wijnglas van haar aanpak om af te drogen.

Hoewel ik weet dat ze de vraag niet uit interesse, maar puur uit eigenbelang stelt en ik nu alweer klaar ben met deze conversatie, geef ik toch antwoord. 'Ja, kan eigenlijk niet beter.'

'Mooi zo.' Mijn moeder knikt tevreden. Zo slecht als onze relatie is, zo dol is ze op Maarten. Hoewel ik me nog altijd afvraag of ze is gevallen voor zijn karakter of vooral voor het feit dat er na al die jaren weer een potentiële zaaddonor op mijn pad is gekomen. Alsof ze mijn gedachten kan lezen, vraagt ze dan opeens: 'Wanneer beginnen jullie eigenlijk aan kinderen?'

'Au!' Ik laat van schrik het wijnglas uit mijn handen vallen, dat op de grond in tientallen stukken uiteenspat. Een paar stukjes belanden in mijn blouse. In de woonkamer is het in één klap doodstil. Alleen Maarten vraagt of het wel gaat, waarna iedereen zijn bezigheden weer vervolgt.

Terwijl ik de scherven met een stoffer op het blik schuif, gaat mijn moeder ongestoord verder met haar betoog. 'Over iets meer dan een jaar ben je dertig, Sarah. Je weet dat de kans op een zwangerschap snel afneemt vanaf die leeftijd, toch?'

Wéér die manipulatieve houding.

'We wonen net samen, mam,' bijt ik haar toe, mijn irritatie niet onder stoelen of banken stekend. 'Dat is voor mij al een enorme stap, hè? Mogen we alsjeblieft zelf bepalen wanneer we klaar zijn voor het ouderschap?'

'Ik denk dat ik klaar ben voor het ouderschap.' Zo. Het is eruit. Maarten en ik hebben samen gedoucht, onze tanden gepoetst en zijn daarna naast elkaar in bed gekropen. We liggen beiden op onze rug. Gespannen wachtend op zijn antwoord, draai ik me iets naar rechts en klik ik mijn nachtlamp uit. Het wordt direct pikdonker in de slaapkamer. Mooi. Ik ben te gespannen om mijn bedpartner na het droppen van De Bom recht in de ogen aan te kijken. 'Is dat zo?' vraagt hij dan.

Zijn reactie maakt me nog nerveuzer dan ik al was. 'Ja,' antwoord ik, stelliger in mijn hoofd dan dat het er nu uitkomt. Op de tast zoek ik naar zijn hand. 'Het voelt gewoon goed, óns bedoel ik. In al die jaren ben ik niemand tegengekomen die ik zie als toekomstige vader van mijn kinderen. Tot april van dit jaar, toen jij ineens voor mijn neus stond. Al dan niet gebukt.'

Maarten grinnikt.

'Je bent niet alleen een… nou ja, een lust voor het oog, maar je hebt ook inhoud, wil altijd dat je dierbaren het goed hebben en ik kan ontzettend met je lachen. En jij hebt zóveel liefde te geven!' Even pauzeer ik mijn geratel, wetende dat ik op het punt sta een gevoelig onderwerp aan te snijden. Dan vervolg ik: 'Het zou zonde zijn om dat alleen met je moeder en mij te delen. Toch?'

Het blijft stil naast me. Dan klikt Maarten zijn nachtlampje aan, draait hij zich naar me toe en vinden onze blikken elkaar. Hij is zichtbaar van zijn stuk gebracht door mijn woorden. 'Schatje, wat lief,' zegt hij uiteindelijk. 'Je weet toch dat ik me net zo goed bij jou voel, hè?'

'Jawel, maar…'

'Luister,' onderbreekt hij me. Dan gaat hij rechtop zitten en pakt hij mijn beide handen vast. 'Misschien heb ik het te weinig laten merken, maar ook ik denk de afgelopen tijd vaak na over dat ouderschap. Ik ben gek op kinderen, ben toch ook niet voor niets gymleraar geworden? Dat was echt niet alléén om te voorkomen dat ik eindig als Obelix, hoor. Maar na de dood van mijn vader… ik weet niet. Ik was er gewoon niet meer zo mee bezig.' Maarten slaat zijn blik neer. 'Al weet ik zeker dat mijn vader de beste opa ooit zou zijn geweest.'

Snel slik ik de brok in mijn keel weg.

'Weet je, afscheid nemen van je ouders is het ergste wat er is. Waarom zou ik een kind op de wereld zetten die vroeg of laat hetzelfde leed te wachten staat?' Maarten kijkt me plots weer aan.

Mijn wereld stort in. Ik voel tranen opkomen, maar probeer ze te onderdrukken.

'Maar lieve schat,' gaat hij dan verder, terwijl hij zijn greep verstevigt, 'jouw komst in mijn leven heeft mijn twijfel doen verdwijnen als sneeuw voor de zon. Met jou wil ik oud worden. Inclusief huisje, boompje én beestje.'

Ik voel het vocht achter mijn oogkassen branden bij de gedachte dat mijn verkering hier duidelijk niet op de labrador doelt.

'Ik wilde alleen zeker weten dat we er allebei klaar voor waren en je niet onder druk zetten. Ik wachtte op jouw teken. Dit moment dus. Let's do this.'

In de seconden die volgen laat ik mijn tranen de vrije loop. Mijn allergrootste verlangen wordt werkelijkheid. Binnen niet al te lange tijd zal ik eindelijk moeder zijn!

Op derde kerstdag klop ik op de deur van de houten woonboot van mijn vader. Na de scheiding had hij direct de drukke binnenstad verruild voor een rustiger plekje aan de Amstel. Ook Pringles lijkt het goed naar haar zin te hebben in de woning op het water.

'Hoi pap, ik ben het hoor!' roep ik als ik na meerdere malen kloppen geen gehoor krijg. De deur blijkt zoals vaker niet op slot en ik stap naar binnen. Ik tref mijn vader op het voordek aan. Hij zit met zijn zwarte katoenen winterjas aan en zijn koptelefoon op, op een van de witte plastic tuinstoelen. Het is hartje winter, maar zelfs nu krijg je pap niet weg bij het water. Pas als ik achter hem sta en mijn handen op zijn beide schouders leg, merkt hij me op.

'Hé, meisje!' Zichzelf verontschuldigend legt hij zijn muziek snel aan de kant en schuift hij de stoel naast hem dichter naar zich toe.

'Alles goed met je, pap?' Ik geef mijn vader een kus op zijn slaap. Zijn dikke haar zit wild als altijd. Dat hij op zijn leeftijd nog altijd maar weinig grijze lokken heeft, belooft veel goeds voor mij. Ik zie dat hij de foute trui draagt die ik hem vorig jaar voor kerst had gegeven.

'Kan niet beter nu jij er bent. Ga lekker zitten, lieverd,' zegt hij, terwijl hij met zijn hand op de zitting van de stoel naast hem klopt. 'Pak anders dat dekentje voor over je benen.' Hij wijst met zijn lange, donkerbehaarde vingers naar de fleecedeken die over de armleuning hangt. 'Of wil je liever naar binnen?'

'Nee hoor, dit is prima.'

'Goed.' Hij glimlacht, waardoor de ouderdomstekenen in zijn gezicht extra goed zichtbaar worden. *Wat is hij eigenlijk nog bruin voor de tijd van het jaar.* Dan staat hij op. Terwijl hij naar binnen loopt en onderweg bukt om zijn hoofd niet tegen de deurpost te stoten, zegt hij: 'Ik gokte erop dat je wel een borrel kon gebruiken na zo'n lange, intense dag met je moeder, dus ik ben zo vrij geweest alvast een Merlot voor je klaar te zetten.'

Als hij terug is, drukt mijn vader de rode wijn zó enthousiast in mijn handen, dat het halve glas op mijn gloednieuwe jeans belandt. Het kan het me niets schelen. Ik verkeer na het gesprek met Maarten nog steeds in totale extase. Ik was meteen met de pil gestopt en sindsdien hadden we al vier keer de sterren van de hemel gevreeën om deze bijzondere stap in onze relatie te vieren. Nu was het tijd het heuglijke nieuws met mijn vader te delen.

'Pap, laat zitten,' houd ik mijn vader tegen als hij opnieuw naar de keuken loopt, deze keer om een doekje te pakken. 'En ik hoef ook geen nieuwe wijn.'

In afwachting van wat er komen gaat, neemt hij weer plaats op zijn stoel. Zijn handen heeft hij gespannen in zijn schoot samengevouwen.

'Om meteen maar met de deur in huis te vallen: Maarten en ik hebben besloten om voor een kindje te gaan! Ik sla de wijn dus even over. Baat het niet...'

Mijn vader is overduidelijk sprakeloos. 'O lieve Saar, wat fantastisch om te horen!' brengt hij uiteindelijk met een subtiele emotie in zijn blik uit. Dan pakt hij mijn linkerhand en knijpt hem zowat fijn. 'Meid, het is je gegund. Je wordt de beste moeder van de hele wereld.'

Het begint al te schemeren als ik eind van de middag mijn huissleutel in de voordeur steek. Je kunt onze woning in Velserbroek gerust een villa noemen. Zelfs Maarten vindt vijf kamers en een tuin van tweeëntachtig vierkante meter wat overdreven, maar er zat een joekel van een garage bij, waarin hij naar hartenlust kan klussen aan auto's. En met een voorschot op zijn vaders erfenis kon hij het prima betalen. Geef de man eens ongelijk. We hebben in elk geval genoeg ruimte voor een kinderkamer. Of twee.

Maarten blijft nog wat langer hangen bij Stijn, lees ik in zijn laatste appje. Prima, ik vermaak me altijd wel alleen. Ik steek een paar kaarsen op de salontafel aan en plof dan op de grote lichtbruine leren bank neer.

Na even zappen kom ik uit bij *Een Streepje Tegen*, een programma over de onvervulde kinderwens. De voice-over leert me dat een op de tien stellen na een jaar proberen nog niet zwanger is. Jee, daar heb ik eigenlijk nooit bij stilgestaan.

Ik voel een lichte paniekaanval opkomen. *Het zal toch niet?*

Aandachtig volg ik de rest van het programma. Als een fertiliteitsarts van het UMC Groningen vertelt dat ook stress een kinderwens behoorlijk in de weg kan zitten, beveel ik mezelf eens drie keer diep adem te halen. Ik word alweer rustiger als een expert aangeeft dat hoe gezonder je BMI is, hoe groter de kans op een natuurlijke zwangerschap. Wat een opluchting. Zowel Maarten als ik zijn supersportief, we eten negen van de tien keer gezond en ik doe niets liever dan na een drukke werkdag ontspannen met een YouTube-yogalesje. Dat moet goedkomen. Bovendien heb ik dezelfde genen als Charlot. En als er íémand vruchtbaar is in de familie...

2018

Februari

Het is misschien wel de natste Valentijnsdag ooit. Vanaf vanmorgen zeven uur is het niet meer gestopt met regenen. En dat terwijl we vanavond naar de bioscoop willen.

'Wat denk jij, lief?' vraag ik als ik na het avondeten met mijn armen over elkaar uit het keukenraam staar. De regen komt nu echt met bakken uit de hemel. Een meeuw vergrijpt zich buiten aan de vuilniszak van de buren. Hij lijkt zich weinig aan te trekken van het barre, herfstachtige weer. Voor een paar momenten overweeg ik Pathé te bellen, zodat ze onze kaartjes aan een ander kunnen geven. 'Toch maar thuisblijven? We kunnen ook een spelletje doen, of zo?'

'Nee joh, we gaan gewoon,' antwoordt Maarten vanachter zijn gameconsole in de woonkamer. 'Dan zijn we er tenminste even uit.'

Daar heeft hij een punt. Sinds ik met de pil ben gestopt, houdt onze kinderwens me erg bezig, merk ik. De teleurstelling was dan ook groot toen ik, ondanks dat ik al een tijdje niet ongesteld ben geweest, vorige week negatief testte. Na het uitblijven van mijn menstruatie in januari had ik meteen een gat in de lucht gesprongen. Tot ik me plots weer had gerealiseerd waaróm ik op mijn veertiende al aan de pil was gegaan. Tussen twee menstruaties had soms wel een half jaar gezeten. Ondanks dat ik nu al maanden van de anticonceptie af ben, is mijn cyclus dit keer niet eens onregelmatig, maar lijkt hij zelfs helemaal uit te blijven.

Vanavond afleiding zoeken in de stad is misschien juist wat we nodig hebben.

De stad an sich bleek inderdaad geen slecht idee — ondanks de buien hangt er een gezellige sfeer. De film, een Amerikaanse romcom met waarschijnlijk de meest slappe verhaallijn ooit, was wél 'kwalitatief uitermate teleurstellend' aldus Maarten. Zelfs ik — misschien wel de grootste feelgood-gek van het land — moest mijn best doen niet in slaap te vallen.

'Ik haal wel wat,' zegt Maarten nadat we helemaal rozig van het weer en de bioscoopdeceptie een nabijgelegen kroeg in zijn gedoken. Even had ik me met mijn wollen coltrui en comfortabele wijde ribbroek wat underdressed gevoeld voor een avondje uit (in de bios was het toch donker, dacht ik). Tot Maarten me eraan had herinnerd dat ik al een vriendje heb.

We zitten in de hoek van de ruimte, iets voor de garderobe, terwijl het buiten maar niet lijkt op te houden met hozen. Het was het laatste nog beschikbare plekje, maar eerlijk gezegd had ik zelf geen betere kunnen uitkiezen. Vanuit deze positie kunnen we lekker 'mensen kijken', een van onze favoriete bezigheden. Tegelijkertijd zitten we net niet verstopt genoeg om door het personeel over het hoofd gezien te worden. *Perfecter dan dit wordt het niet,* denk ik als ik Maarten met een Italiaanse Merlot en een bokbiertje voor zichzelf komt aangelopen.

'Cheers, schat,' zeg ik als ook hij zijn winterjas heeft opgehangen en naast me is komen zitten. 'Hé, je moet me wel aankijken, hè!' Ik sper mijn ogen wijd open.

'Alsof wij ooit slechte seks hebben,' knipoogt mijn wederhelft.

'Goed punt.'

Het is stampensvol in de bar, een beetje benauwd ook daardoor, en er hangt een typische kroeglucht: een combinatie van bier, zweet en geilheid. Een setting waar menigeen misschien voor zou passen, maar die mij herinnert aan de stapavonden met Milou. En alle onbetaalbare herinneringen die die met zich mee hadden gebracht.

Naast ons kunnen twee oudere tafelgenoten niet van elkaar afblijven. Zij draagt een kleurrijk, gebreid vest, hij een simpele donkerbruine pullover met daaronder een rood-blauwe ruitjesblouse. Met zijn grote, ronde buik en baard doet hij me denken aan de kerstman. Mijn oog valt op de lange, grijsblonde lokken van de vrouw, die er nog verrassend gezond uitzien voor iemand van haar leeftijd.

Ik buig me naar Maarten toe. 'Psst, schat,' zeg ik subtiel in zijn oor, terwijl ik naar onze buren knik. De muziek uit de speakers (van een rockband die ik niet ken) staat zo hard dat ik niet eens echt hoef te fluisteren. Daarbij gaan onze buurtjes zó in elkaar op, dat ook zij niets doorhebben. Al zou ik door een megafoon praten. 'Wat denk jij?'

Maarten neemt de tortelduiven eens goed in zich op, terwijl hij aan het label van zijn biertje pulkt. Zelfs een verzopen katje-kapsel kan hij prima hebben.

Op zijn voorhoofd verschijnen twee denkrimpels. 'Hij: gepensioneerd docent Duits, zij: kunstenares,' concludeert hij dan. 'Beiden begin zestig. Of nee, zij is jonger. Vierenvijftig. Allebei gescheiden en de liefde in elkaar teruggevonden tijdens een cruise naar de Canarische eilanden.'

'Nee joh, geen cruise, veel te duur!'

'Een singlereis naar Spanje dan.'

'Dit zijn geen types voor Spanje.'

'Dan hebben ze elkaar per toeval getroffen tussen de pasta en het wc-papier in de supermarkt.'

Ik knik, tevreden met deze eindconclusie, en neem nog een slok van mijn Merlot.

Voor we het weten, is het kwart voor twee en geeft een van de overgebleven barmannen aan dat de tent gaat sluiten. Ook Kleffie en Beffie, zoals Maarten onze buren al snel noemde, zijn inmiddels vertrokken.

'Nou, gezellig hoor, wat een Sjaak Afhaaks allemaal,' roep ik vanonder mijn trui in het luchtledige, terwijl ik de grootste moeite heb het gat van de col te vinden. Halverwege de avond had ik opeens last van opvliegers gekregen (niet gek na vierenhalf glas wijn), waardoor ik de rest van de avond in mijn witte hemdje had gezeten. Nu mijn lichaam weer afgekoeld is, zie ik plots dat mijn tepels bijna dwars door mijn sportbeha heen prikken. 'Hé sukkel, jij zegt ook niks!' roep ik tegen Maarten als hij betaald heeft en mij weer tegemoet komt lopen. Voor hij mij bereikt, struikelt hij bijna over zijn eigen voeten. *Dat wordt nog wat met ons op de fiets zo.*

'Wooow, zag je dat?' zegt Maarten, terwijl hij met zijn duim naar achteren wijst. 'Bijna op mijn plaat daar! Hé tijger, ga je met mij mee naar huis vanavond?' Terwijl ik onze jassen van de kapstok haal, slaat hij zijn arm om mijn middel en drukt hij zijn warme lijf tegen mijn rug. Als een peuter die niet wil dat zijn moeder hem achterlaat bij het kinderdagverblijf.

'Ik vroeg je wat, lolbroek,' antwoord ik geïrriteerd als ik me weer heb omgedraaid en Maarten zijn jas in zijn armen druk.

'Wat?'

'Fijne avond!' Ik zwaai nog naar de bar, maar niemand reageert. 'Ja, *nipplegate* hier!' Ik wijs naar mijn borsten. 'Mijn tepels zijn de halve avond voor Jan en alleman te zien geweest!' sis ik dan als we samen naar buiten lopen. Of zwalken, eigenlijk. Het is inmiddels opgehouden met regenen.

'Ja, dat zag ik ook wel!' grijnst Maarten breeduit. 'Maar er is toch niks mis met die *nipples* van jou? Sterker nog, jammer dat ze nu weer in die trui zitten.' Hij kijkt me met een ondeugende blik aan.

Hoe kan een mens lang boos blijven op deze kerel?

Als we bij onze fietsen zijn en ik een déjà vu beleef als ik de mijne maar niet van het slot krijg, pakt Maarten me opnieuw van achteren stevig vast.

'Mooopp...'

Subtiel drukt hij zijn heupen tegen de mijne en bijt hij zachtjes in mijn oorlel. Ik draai me om en zo staan we een paar seconden net zo klef te doen als onze buren van vanavond. *Die tóngskills van hem...* Er ontglipt me een kreun en ook Maarten raakt steeds meer buiten adem. Als ik draaierig word, duw ik Maarten weer van me af. 'Thuis verder,' weet ik nog uit te brengen.

Als ook hij zijn slot los heeft, geeft hij me nog een tik tegen mijn kont. 'Nou, gassen dan! Des te eerder kan die omatrui weer uit.'

2018

Mei

'Ja, dankjewel,' zeggen Milou en ik in koor als de ober een ciabatta gerookte zalm en een verse tomatensoep voor ons neerzet. Het is meivakantie en ook mijn vriendin heeft een dagje vrij, wat ons eindelijk weer eens een excuus geeft voor een zorgeloos vrouwendagje. Het is een van de warmste dagen van het jaar en de Haarlemse terrassen zitten bomvol. Voor de zekerheid hadden we gereserveerd, geen verkeerde keuze.

Ik heb de jumpsuit aan die ik droeg tijdens de eerste date met Maarten. Mijn haar heb ik ter verkoeling in een staart achterop mijn hoofd vastgebonden. Milou lijkt vreemd genoeg niet oververhit te raken van de lange blonde lokken die ze los over haar schouders heeft hangen. Ze draagt een lichtblauw spijkerrokje en luchtig geel hemdje met drie knopen bij haar borsten, waar al menig voorbijganger kort naar had gestaard. Op haar neus rust een zonnebril met ronde spiegelglazen, op die van mij eentje met een vierkanter montuur.

'Het is dat ze dtp'ers riant betalen bij Rovers, maar echt thuis voel ik me er niet meer sinds die fusie,' zegt

Milou, terwijl ik nog wat extra zout en peper over de niet echt appetijtelijk uitziende zalm strooi. Alsof hij al een uur geleden uit de koeling is gehaald. 'Ik voel me echt een nummer geworden. Tegenwoordig moet je zelfs een tandartsbezoek aanvragen via een officieel verlofformulier. Dat gaat toch hélemaal nergens over? En dan dat achterlijke "nieuwe werken". Ik heb al maanden geen collega meer gezien!'

'Tja, je zult het er toch mee moeten doen, Mil.'

'Nou ja, ténzij...' Naast ons barsten twee strak geklede mannen van onze leeftijd opeens in uitbundig geschater uit. Lichtelijk geërgerd kijken we opzij, waarna Milou haar verhaal vervolgt. 'Ténzij we toch samen die lunchroom beginnen waar we het al jaren over hebben. Kijk nou!' Ze schept haar lepel vol tomatensoep, houdt deze omhoog, kijkt er vol afgunst naar en laat de rode substantie daarna weer langzaam terug in de soepkom glijden. 'Je kunt mij heel wat wijsmaken, maar niet dat dit zelfgemaakt is. En dat broodje van jou ziet er ook allesbehalve vers uit. Kom op, dat kunnen wij toch veel beter, Saar?'

'Ongetwijfeld.'

'Met ambachtelijke producten van het boerenland...' Dromerig kijkt ze naar de lucht. Op het terras naast ons laat iemand een glazen karaf vol water op de stenen kapot vallen. Dan wendt Milou zich weer tot mij. 'Word jij Chef Algemene Zaken en zorg ik voor de visuele uitingen en een gelikte socialstrategie. En tegen de tijd dat we open zijn, kunnen jouw leerlingen wel een stageplek gebruiken, toch?'

Een ober loopt langs onze tafel met een bord wentelteefjes. Die ruiken dan wel weer goed, vind ik.

Ik ben onder de indruk van Milous verkoopskills, maar moet haar toch teleurstellen. 'Klinkt echt heel verleidelijk, maar mijn vaste baan opzeggen voor zo'n groot avontuur durf ik op dit moment echt niet aan. Al heb ik het een stuk minder naar mijn zin dan voorheen, ik kan dat risico niet lopen met een kleine, Mil.' *Als die er ooit nog komt*, denk ik er meteen achteraan. Ik ben nog steeds niet ongesteld geworden.

Je zou er bijna opnieuw hormonen voor gaan slikken.

'Maar eh,' begint Milou dan plots voorzichtig als we onze lunch bijna achter de kiezen hebben. Naast ons moeten de mannen opnieuw hartelijk om iets lachen. 'Weer geen succes deze maand dus? Als je het er niet over wil hebben, dan snap ik dat trouwens volledig, hè?'

'Nee, geen probleem,' lieg ik, vlak voor ik mijn laatste hap naar binnen werk. Van nature ben ik niet zo'n prater, maar Milou is er altijd voor me als ik haar nodig heb. 'Helaas,' vervolg ik dan als ik het laatste stuk zalm heb doorgeslikt. 'Nog geen goed nieuws van onze kant.'

Milou trekt een pruillip. 'Pff, klote, Saar.'

'Ja, ach weet je, we zijn ook pas net begonnen en die

pil moet gewoon nog uitwerken na al die jaren.'

'Die kans zit erin.'

Dan heb ik ineens een binnenpretje en schud ik mijn hoofd.

Milou ziet het. 'Wat is er?'

'Niks,' giechel ik. 'Ik denk alleen net: als Maarten een baarmoeder had gehad, hadden we vast allang twintig kinderen op de wereld gezet. Die jongen is zó vergeetachtig de laatste tijd, niet normaal! Elke dag stipt voor het slapengaan een pil nemen, was niets voor hem geweest.'

'Nou, gelukkig dan maar dat jij de vrouw des huizes bent!' lacht ze. 'Weet je, Saar, dat je nu een beetje baalt is volkomen logisch! Én het is in elk geval weer een mooi excuus om straks wat vernieuwing in onze kledingkasten aan te brengen!' Ze geeft me knipogend een por in mijn zij en probeert me grijnzend mee te krijgen in haar optimisme. Wat overigens aardig lukt.

'Ook waar! Ik betaal deze wel vast. Moet jij nog naar de wc?'

'Nope.'

'Okido, op naar die nieuwe garderobe dan!'

Als we aan het eind van de middag ongeveer elke retailzaak gehad hebben en mijn benen voelen alsof ze een marathon hebben gelopen, duiken Milou en ik nog snel de Hennes & Mauritz in. Nu we de frequentie van onze vrijpartijen hebben opgeschroefd, mag ik wel wat meer moeite doen voor mijn partner, vind ik. Het moet natuurlijk geen sleur worden. Onderweg naar de lingerieafdeling blijft mijn blik hangen bij de kinderkleding. Mijn oog valt op een bruine wollen beren-onesie in maat 56.

'Mil, kijk nou wat cute!' Ik pak het beentje van het pakje vast en wenk mijn vriendin, die eenmaal naast me ook over de zachte stof aait. We smelten allebei ter plekke en niet veel later reken ik bij de kassa niet alleen drie nieuwe lingeriesetjes, een spijkerblouse en twee setjes oorbellen, maar ook het berenpakje af.

'Wat doe jij nou?' vraagt Maarten. We zitten dicht naast elkaar op de bank, terwijl Matthijs van Nieuwkerk zijn volgende gasten van harte welkom heet. Bij *De Wereld Draait Door* gaat het vanavond onder meer over de Kinderboekenweek. Sven van elf en Jasmine van negen zitten in de jury die bepaalt wat het beste kinderboek van het jaar is. De twee vertellen enthousiast over hun favorieten, maar echt luisteren doe ik niet. Het is alweer drie dagen geleden dat Maarten en ik voor het laatst seks hadden. Tijd dus voor de volgende portie intimiteit. Hoog tijd zelfs. Want om de kans op een succesvolle bevruchting te vergroten, dient er elke twee tot drie dagen geslachtsgemeenschap plaats te vinden, zo las ik laatst in een blog. *Worth a shot*, zo had Milous dubbelzinnige advies vanmiddag geluid.

Maarten lijkt minder in de feeststemming, zo blijkt

als ik mijn linkerhand subtiel van zijn dijbeen naar zijn schaamstreek verplaats. 'Mop, alsjeblieft. Zullen we dit een andere keer doen?'

Mijn wederhelft kijkt me vermoeid aan, maar ik geef de moed nog niet op. *Hij moet gewoon nog even inkomen*, denk ik, terwijl ik nog wat harder met mijn hand tegen zijn gulp duw en een verleidelijke pose aanneem. 'Weet je dat zeker?' fluister ik dan zo geil mogelijk in zijn oor. Subtiel trek ik mijn shirt vast een stukje omhoog, waardoor een deel van mijn buik bloot komt te liggen. 'Misschien heb ik hieronder wel een verra…'

'Schat, niet nú,' onderbreekt Maarten mijn avances duidelijk geërgerd, terwijl hij me ruw van zich afduwt.

'Hé, au!'

'Sorry, ik wilde niet...' Hij zucht. 'Ik heb gewoon een drukke week gehad, ben even niet in de mood. Waar komt dat hoge libido van jou trouwens opeens vandaan?'

De verklaring dat mijn seksuele toespelingen niet voortkomen uit een groeiend libido, maar de steeds groter wordende behoefte aan een succesvolle conceptie, slik ik in. Kleine kans dat ik mijn partner in crime daar wél mee het bed in krijg. En in je uppie een kind verwekken wordt wat lastig.

Er zit niets anders op dan voor vanavond een streep te zetten door mijn sexy slaapkamerplannen. Gelukkig hebben we nog alle tijd.

2018

Juni

Daar is het dan. Het moment waar ik onbewust al een half jaar tegenop had gezien. De heldere lucht van vandaag en het Foute Uur dat binnen door de radiospeakers beukt, staan haaks op de zwarte donderwolken die mijn humeur momenteel overschaduwen. Milou en ik zitten op het voordek van mijn vaders boot. Terwijl hij een weekendje vissen is in Friesland, zorg ik dat het Pringles aan niets ontbreekt. Ondanks dat mijn vader de zeventig al gepasseerd is, trekt hij er nog graag — meestal alleen — op uit. Een eigenschap die ik altijd in hem heb bewonderd.

Voor ons staan twee gevulde wijnglazen, waar we allebei nog geen slok uit hebben genomen. Het enige verschil is dat mijn glas gevuld is met droge witte wijn en dat van mijn vriendin met appelsap. Ik kan het nog nauwelijks bevatten en voel me, om de een of andere reden, een ongelooflijke loser. Milou is zwanger. Vijf weken om precies te zijn, dus officieel nog veel te vroeg om het aan je omgeving te vertellen. Voor haar beste vriendin maakte ze een uitzondering. Hoewel ik me enorm vereerd zou moeten voelen, staat het huilen me op dit moment nader dan het lachen. Het maakt dat ik me de slechtste vriendin ooit voel.

Sinds ik was gestopt met de pil was ik niet meer ongesteld geworden. Voor de zekerheid had ik in de tussentijd nog wel wat testen gedaan, maar deze waren stuk voor stuk onverbiddelijk geweest. Het nieuws van Milou komt dan ook binnen als donderslag bij heldere hemel. Dat de zwangerschap ook voor Bart en Milou zelf als een complete verrassing kwam, maakt het misschien nog wel lastiger. Hoewel ze achteraf denkt te weten wanneer het moet zijn gebeurd: toen ze door een voedselvergiftiging de halve nacht boven de wc had gehangen. Geen moment had ze eraan gedacht dat niet alleen de sushi, maar ook de pil door het riool was verdwenen.

'O, chickie,' zegt Milou als ze ziet dat mijn lip begint te trillen, waarop ze troostend haar arm om me heen slaat. Door haar warme aanraking kan ik mijn tranen niet langer tegenhouden. Twee eenden komen nieuwsgierig kijken of er nog iets lekkers te halen valt. Als hun blik op Pringles valt, weten ze niet hoe snel ze weer rechtsomkeert moeten maken.

'Het is oké,' snotter ik. 'Hier kun jij toch ook niks aan doen?' *Jézus Saar, wat een belabberde woordkeuze weer.* 'Ik bedoel...'

'Saar, zeg maar niks,' stelt ze me gerust, terwijl ze me weer aankijkt en liefdevol over mijn bovenarm wrijft. 'Wij schrokken ons al kapot, laat staan hoe jij je nu moet voelen.'

Eerlijk gezegd gaan mijn emoties momenteel alle kanten op. Ik gun het mijn vrienden, maar onszelf ook. Ergens voel ik woede tegenover mezelf. Ik wíl helemaal niet jaloers zijn, al helemaal niet op mijn beste vriendin. En toch domineert nu dat gevoel.

'Je bent gewoon de laatste van wie ik dit nieuws verwacht had,' zeg ik dan, terwijl ik de uitgelopen make-up onder mijn ogen wegveeg met een stuk keukenrol. Milou haalt een rode lok uit mijn gezicht en stopt hem weg achter mijn oor. 'Daarom reageer ik denk ik zo hysterisch.'

'Begrijp ik, echt.'

'Ik snap er ook gewoon geen snars van. We hebben al een half jaar amper een druppel alcohol aangeraakt, eten nog gezonder dan de gemiddelde health freak en sporten en mediteren tot we erbij neervallen.' Dat ik tegenwoordig standaard na elke zaadlozing (want zo plat voelt het inmiddels — de romantiek is er wel vanaf) nog een kwartier met mijn benen omhoog lig om het sperma een eindje op weg te helpen, hou ik voor mezelf. 'Meer kunnen we toch niet doen om het lot tegemoet te komen?'

'Nee, dat zou je zeggen...'

Ik neem een grote slok van mijn wijn, die me verrassend goed smaakt. Milou volgt mijn voorbeeld en pakt haar appelsap erbij. Een paar minuten kijken we zwijgend voor ons uit. Een vissersbootje passeert ons en we zwaaien vriendelijk terug naar de schipper.

'Maar Mil,' zeg ik, als ik mezelf weer bij elkaar geraapt heb. De warme zonnestralen branden inmiddels in mijn huid en maken dat ik me langzaam weer wat beter begin te voelen. 'Weet dat ik wel oprecht blij voor jullie ben, hè?'

'I know,' glimlacht ze, terwijl ik nu pas opmerk dat ook haar ogen vochtig zijn.

'Gelukkig. Als er iemand een goede moeder wordt, dan ben jij het wel.'

'Lief, chick. En dat geldt natuurlijk ook voor jou!'

Dan ebt het zwaarmoedige gevoel langzaam weg en bekruipt me plots een gevoel van opwinding. 'Wie weet zijn we straks wel tegelijk in verwachting!'

Het is iets na achten als ik die avond uit het raam van de slaapkamer staar. De telefoon gaat aan de andere kant voor de tweede keer over. De rust in de speeltuin die aan onze achtertuin grenst, lijkt wedergekeerd. Aan de nog subtiel bewegende schommels te zien, zijn de laatste kinderen net pas richting huis vertrokken. In gedachten zie ik Sarah junior (mijn gevoel roept al jaren dat ik een meisje krijg) aan het ene uiteinde op de houten wip zitten terwijl ik haar, door aan het andere uiteinde voorzichtig op en neer te bewegen, minutenlang vermaak. *Zou ze erg op mij lijken?* Ik kan niet wachten het te ontdekken — en de namenlijstjes die al jaren opgeslagen staan in mijn telefoon, eindelijk in de praktijk te brengen.

Tijdens het eten waren Milou en Bart hoofdonderwerp van gesprek geweest. Dat de vreugde het tegen mijn eigen zin in nog altijd niet had gewonnen van de jaloezie, maakte dat ik me in de loop van de avond weer slechter was gaan voelen. Misschien werden mijn emoties nog wel extra versterkt door Maartens volwassen houding in vergelijking met die van mij. Het had me geïrriteerd. Om de een of andere onverklaarbare reden had ik opeens enorme behoefte gekregen de stem van mijn moeder te horen. Al duurde het niet lang voor ook zij me op de kast wist te jagen.

'Oh, wat leuk voor Milou,' zegt ze als ik haar, na de telefoon acht keer te hebben laten overgaan, eindelijk aan de lijn heb. Al na een paar seconden steekt ze meedogenloos de gevoelsmatig grootste dolk ter wereld recht in mijn rug. 'Maar bij jullie nog geen witte rook dus? Hoe kan dat, lukt het niet of zo?'

Wéér sta ik met mijn bek vol tanden na een ongenuanceerde uithaal van mijn moeder. Het ergste is nog dat ik deze reactie, gezien ons verleden, natuurlijk allang had kunnen zien aankomen. 'Nee ma, maar als het zover is ben je de eerste die ik bel.'

'Dat betwijfel ik.'

Ikzelf ook. 'En ik had een sterkere pil dan Milou, hè? Logisch dat het bij haar eerder raak is.'

'Wat een onzin, die hormonen zijn na een paar dagen wel uit je systeem, hoor.'

'Wat weet jij daar nou van?' De stoom komt inmiddels bijna uit mijn oren.

Nu is het aan mijn moeder om mij te negeren. 'Volgens mij werkt jouw lijf gewoon niet naar behoren.'

Au, die was raak. En goed ook.

'Dat deed het al niet voor je aan de pil begon. Ik zou maar eens langs de dokter als ik jou was. Dit is toch niet normaal? Zo'n gezonde meid als jij had allang zwanger moeten zijn.'

Mijn moeders woorden slaan in als een bom. Ik kan me niet meer inhouden en besluit ter plekke dat dit voorlopig het laatste contact tussen ons was. De afgelopen jaren heeft ze me alleen maar stress bezorgd, en als ik er íéts niet bij kan hebben in deze cruciale periode van mijn leven zijn het factoren die de innesteling en groei van een gezond kindje in de weg zitten. Woedend laat ik haar weten dat ze een volgende keer eens beter moet nadenken voor ze er van alles uitflapt en dat ik wel weer contact met haar zoek als ik daaraan toe ben.

Een paar seconden later laat ik mezelf huilend op bed vallen. Van mij mag deze klotedag zo snel mogelijk voorbij zijn.

2018

Augustus

'Zo, die staat.' Maarten doet wat stappen naar achteren, vouwt zijn armen over elkaar en aanschouwt het geheel trots. Het is midden augustus, de laatste week van de vakantie voor regio Noord. Mijn sexy gymleraar en ik zijn op de bonnefooi een weekje naar Zeeland vertrokken. Een uur geleden waren we het terrein van camping de Duinhoeve opgereden. Na een vriendelijk ontvangst bij de receptie, waren we door een campingmedewerker in een golfkarretje naar onze kampeerplek geleid. Op de route naar onze tijdelijke verblijfplaats had ik het dichtstbijzijnde toiletblok en de campingsupermarkt al gespot. Ik verheug me nu al op de verse croissants van morgenochtend. Nostalgie ten top.

De Zeeuwse schiereilanden vormen al jaren mijn favoriete vakantiebestemming in Nederland. Toen mijn ouders nog bij elkaar waren, kwamen we regelmatig in de omgeving van Domburg. Meestal stonden we op De Lachende Lepelaar, waar we blijvende herinneringen maakten. Ik zal nooit vergeten hoe hysterisch Charlot en ik als kind reageerden als 'Roomijs Ron' het grindpad aan het begin van de camping op kwam rijden. We konden zijn vrolijke deuntje al van mijlenver horen. En hoe we – jaren later — een keer zo dronken waren teruggekeerd na een avond stappen dat ik de rest van de nacht op het campingtoilet had doorgebracht. Mán, wat had ik me beroerd gevoeld. Het was voor mij voorlopig de eerste én meteen de laatste keer geweest dat ik me zo had laten meevoeren door de alcohol. Of eigenlijk door mijn zusje, wier tempo ik de hele avond had proberen bij te benen. Waarom weet ik nog steeds niet. Volgens mijn vader keek ik vroeger altijd enorm tegen haar op, ondanks dat ik ouder ben. Hoe het ook zij, ik zou nu voor geen goud meer willen ruilen met Charlot en haar vrijblijvende, ondoordachte leven.

In tegenstelling tot de afgelopen dagen is het vandaag bewolkt, maar dat mag de pret niet drukken. Het is de eerste keer dat Maarten en ik samen kamperen en ik leef ook daarom al weken toe naar deze trip. Een betere timing was er niet. We zitten er allebei werktechnisch een beetje doorheen. Ik heb er sinds kort een stagiair bij, die weinig lijkt te snappen van hoe intens een baan als leerkracht kan zijn. Ik moet hem non-stop achter zijn kont aan zitten, en dat terwijl ik mijn handen al vol heb aan mijn eigen taken. En ook Maarten loopt inmiddels op zijn tandvlees. Hij heeft zelfs al een paar sollicitaties bij wat autodealers achter de rug. Of hij in die branche wel gelukkig wordt, weet hij niet, maar dat het voor hem tijd is afscheid te nemen van het onderwijs, daar is hij inmiddels wel over uit.

We kunnen wel wat quality time gebruiken na de afgelopen teleurstellende maanden, waarin we vaker ruzie hadden gehad dan dat de liefde de boventoon had gevoerd. Bovendien, hoe vaak hoor je niet dat het bij stellen tijdens hun vakantie ineens wel lukt? Ik durf het eigenlijk al niet meer te hopen, maar een paar dagen keihard ontspannen kan in elk geval nooit kwaad. *O, wat zou het mooi zijn...*

'Zo, en dan is het nu tijd voor een borrel,' zeg ik als alles op zijn plek staat. Ik loop naar de koelbox die mijn vader me voor vertrek mee had meegegeven. Ik haal er een biertje uit voor Maarten en schenk voor mezelf een appelsap met amaretto in — een combinatie die mijn guilty pleasure is sinds ik erop werd getrakteerd door een barman, een jaar of vijf geleden. Hoewel ik de alcohol al sinds januari zoveel mogelijk links laat liggen, staat ook onze kinderwens de komende dagen even in de koelkast. Er té veel mee bezig zijn schijnt averechts te werken (al ben ik er nog niet achter hoe je dat dan precies doet).

'Proost, lief,' roep ik vanuit het keukentje naar Maarten, die zich inmiddels voor de tent op een van de twee klapstoeltjes heeft geïnstalleerd.

'Ja, cheers, schat! Op een leuke week,' roept hij terug, zijn bierflesje in de lucht houdend. 'Nog hulp nodig met de worst daar trouwens?'

'Worst? Schat, de worst was over datum, weet je nog? Die heb je vanmorgen zelf nog weggegooid. Ik ben hier bezig met de kaas.' Zonder dat Maarten het ziet rol ik met mijn ogen. De dementie slaat nu al toe.

Plotseling hoor ik een auto de campingplaats tegenover ons oprijden. Hij klinkt groter en zwaarder dan onze Corsa. Ik leg mijn aardappelmesje neer en gluur naar buiten, waar de glimmende zwarte SUV inmiddels naast de stacaravan (of moet ik zeggen, vakantievilla?) is geparkeerd. Dan slaat mijn hart een slag over. Twee jonge meisjes met hoogblonde pijpenkrullen springen uit de auto zodra hun vader het achterportier voor ze heeft geopend. De twee hebben allebei hetzelfde gele jurkje aan met kersen erop. Een zomers plaatje dat niet echt matcht met het herfstachtige tafereel waarin we ons bevinden. Of met de rillingen die over mijn lijf lopen als het pijnlijke besef tot me doordringt dat ik de rest van de week moet uitkijken op mijn ultieme meisjesdroom. *Een tweeling… zij wel.* Uit pure zelfmedelijden prop ik snel een stuk kaas in mijn mond. Inmiddels is ook moeders uit de wagen gestapt. Terwijl ze een met chips, koek en plastic bekers volgepropte Negenmaandenbeurs-shopper (*túúrlijk, wat anders?*) uit de achterbak pakt, is Maarten al enthousiast opgeveerd uit zijn stoel om zich voor te stellen aan onze nieuwe overburen. Ook ik voeg me, met frisse tegenzin, bij het gezelschap.

Berend en Martine, zoals de ouders van de

Gezusters Pijpenkrul blijken te heten, zijn vandaag aangekomen in het Zeeuwse. Het gezin woont in Beekbergen, in de buurt van Apeldoorn, en runt daar zelf een succesvol vakantiepark. *Dat verklaart die dikke bolide.* Als de geboren salesman Maarten een kaartje geeft van zijn familiebedrijf met het voorstel dat 'wij er maar eens moeten langskomen met onze eigen koters', excuseer ik me snel. Een goede beslissing, voel ik aan de eerste waterlanders die zich onderweg naar het toiletblok al aandienen. Daar eenmaal aangekomen, glip ik snel een washokje in. Ik hoop maar dat Berend en Martine het niet gezien hebben en heb nu al zin ons vanavond aan de meegebrachte drankvoorraad te vergrijpen. De ervaring leert dat Maarten en ik elkaar daardoor sneller bespringen. En als ik érgens ontzettend aan toe ben, dan is het wel een moment van intimiteit met de toekomstige vader van mijn kinderen. Of koters, zoals Berend ze zou noemen.

Tot zover het loslaten van onze kinderwens.

In het toiletblok pep ik mezelf op met koud water en wat bemoedigende woorden, waarna ik weer vol goede moed koers zet richting onze kampeerplek. *Negenmaandenbeurs, here I come!*

Het kostte me, zoals verwacht, weinig moeite Maarten mee naar bed te krijgen. Iets voor half twaalf liggen we poedelnaakt naast elkaar uit te puffen. Het mag dan al laat op de avond zijn, het zweet gutst nog aan alle kanten van onze lijven. Het is een wonder dat de luchtbedden de passionele vrijpartij overleefd hebben.

'Is er iets mis met mij, denk je?' vraag ik als we beiden weer een beetje op adem zijn gekomen.

'Je bedoelt naast het feit dat je na dertig jaar nog steeds geen asperges lust?'

'Hé, dat is niet eerlijk!' roep ik lacherig en ik por Maarten in zijn zij. 'Ik eet de groene wel, ik krijg alleen de witte gewoon écht niet weg. Nee, even serieus...' Ik wrijf over mijn buik en kijk dan weer naar de man naast me, die een glimmend torso zeker niet misstaat. 'Denk je dat er iets mis is met mijn lichaam?'

'Waar héb je het in vredesnaam over?'

'Nou ja, we proberen nu al maanden een kind te krijgen en het wil maar niet lukken. Ik heb niet eens een normale cyclus. Of überhaupt een cyclus.' Ik pauzeer. Maarten kijkt me vragend aan. 'Mijn moeder zei laatst dat ik met mijn levensstijl allang zwanger had moeten zijn. Ze vindt dat ik me dringend eens moet laten nakijken.'

Maarten rolt met zijn ogen en zucht vervolgens diep. 'Weet je, mop, ik mag het misschien niet zeggen als schoonzoon, maar je kunt jouw moeder beter met een korrel zout nemen. Een flinke schep zelfs. Ik mag haar echt, hoor, maar laat ik het zo zeggen: jij hebt die pientere hersenpan in elk geval niet van haar geërfd.'

Ik glimlach. 'Over mijn moeder mag je alles zeggen. Het is haar eigen schuld dat ze zich zo debiel gedraagt.'

'Daarom,' bevestigt Maarten en hij drukt een zoen op mijn voorhoofd. Zoals wel vaker vraag ik me opnieuw af wat zo'n leukerd nou eigenlijk in mij ziet. 'Je moet niet zo ongeduldig zijn, Saartje.' *Ik haat het wanneer hij mijn naam zo uitspreekt.* 'Onze tijd komt nog wel. En zullen we dan nu gewoon lekker gaan slapen en die baby weer even laten voor wat het is?'

De volgende ochtend ben ik al vroeg wakker. Na de halve nacht te hebben gepiekerd over hoe oneerlijk het leven soms kan zijn, kleed ik me aan om wat croissants en andere benodigdheden voor het ontbijt te halen bij het campingwinkeltje. Als ik bij de kassa achteraan aansluit in de rij, zie ik iets verderop Martine en haar dochters staan. Onze buurvrouw draagt een rode zomerjurk met ontblote schouders die ze waarschijnlijk niet bij de C&A heeft gescoord. Een van de meisjes huppelt rondjes om haar moeder heen, de ander leunt verlegen (of moe) met haar duim in haar mond tegen Martines bovenbeen aan. Terwijl zij liefkozend over de blonde lokken van haar dochter aait, word ik spontaan weer misselijk van jaloezie.

Net als ik ternauwernood de roquefort van gisteren terug mijn maag in weet te slikken, kruisen onze blikken elkaar.

'Hé Sarah, goedemorgen!' Martine zwaait enthousiast in mijn richting.

Daar kom ik dus niet meer onderuit. Nou Saar, pokerface op en gaan.

Als we samen met de meisjes terug naar onze mannen lopen, komt het gesprek al snel op de tweeling.

'Maar jullie wilden dus in eerste instantie maar één kindje?' vraag ik, nadat Martine honderduit had gepraat over het moment dat er drieënhalf jaar geleden niet één, maar twee embryo›s op de echo waren verschenen.

'Sterker nog, ik hoefde eigenlijk helemaal geen moeder te worden.'

Ik kijk naar Martine, die rechts van me loopt. Voor ons vermaken de zusjes zichzelf door achter een paar meeuwen aan te rennen. 'Niet?'

'Neuh, het leek me alleen maar lastig. Berend en ik reizen graag en je bent toch beperkt met zo'n kind.'

De manier waarop ze 'zo'n kind' uitspreekt, stoort me een beetje, merk ik. 'Tja,' antwoord ik bij gebrek aan een beter antwoord. Ik schop een kiezelsteentje voor me uit.

'Maar goed, Beer wilde niets liever dan vader worden en dus gingen we ervoor. Tot het maar niet lukte en niet lukte, nog steeds geen idee waarom trouwens, dat konden ze niet vinden, maar goed. Eh, waar was ik? O ja, nou en toen kwamen we uiteindelijk na anderhalf jaar bij IVF uit. En toen was dat,' Martine wijst naar de tweeling, die het nu heeft gemunt op een paar musjes, 'het resultaat. Zeg maar "nee", dan krijg je er twee. Nou, dat blijkt, haha.'

Wow, ook bij Berend en Martine was het dus niet direct raak! Iets wat me, hoe onaardig ook, enigszins geruststelt.

'Dat er niet één, maar meteen twee kindjes verwekt werden, is trouwens niet zo gek,' gaat de spraakwaterval verder, terwijl ik een flesje water uit het plastic supermarkttasje haal. 'De kans op een meerling is bij zo'n behandeling een stuk groter dan bij stellen die op de natuurlijke manier in verwachting raken. Althans, dat is ons verteld. Maar ja, wie verwacht dat nou, ja toch?'

Ik wil mijn tijdelijke buurvrouw nog zoveel meer vragen stellen, maar dan zijn we alweer terug bij de kampeerplekken. Ik kan niet wachten Maarten bij te praten, maar besluit eerst zelf wat research te doen. Normaal gesproken mijd ik ziekenhuizen liever, maar als dat ons uiteindelijk — al dan niet met wat hulp — een gelukkig gezin oplevert, ben ik er met liefde de komende tijd kind aan huis.

De rest van onze week op de camping gaat het even niet meer over baby's of tweelingen. We maken een prachtige fietstocht langs de kust, shoppen ons een ongeluk in Domburg, duiken een keer spontaan een klein bowlingcentrum in, bezoeken een aquarium en beleven ook met onze Beekbergse buren een onverwacht leuke tijd tijdens een avondje kaarten, waarbij de drank wederom rijkelijk vloeit.

Als we aan het eind van de vakantie weer voldaan huiswaarts keren, neem ik mezelf voor snel weer terug te keren naar deze heerlijke provincie. De provincie die — zo besef ik me nu — na jaren van afwezigheid nog altijd als een tweede thuis voelt.

2018

September

In-vitrofertilisatie (oftewel: IVF) is een vruchtbaarheidsmethode die buiten het lichaam plaatsvindt. IVF betekent 'bevruchting in glas'. De eicellen van de vrouw, die met een punctie uit het lichaam worden gehaald, worden bij IVF in een laboratoriumglas samengesmolten met duizenden zaadcellen van de man. Een of meerdere bevruchte eicellen (embryo's) worden vervolgens teruggeplaatst in de baarmoeder. De kans op een succesvolle zwangerschap met IVF is ongeveer vijfentwintig procent.

Hè? Zo weinig? Ik druk mijn neus zo ongeveer tegen het scherm aan. Ja, het staat er echt. Het is zondagmiddag en ik zit aan de grote, massief houten tafel in de strak ingerichte keuken. Naast me staat een grote zwarte vaas met daarin een nauwkeurig samengesteld wildboeket, dat subtiel verlicht wordt door de zon die door de ramen naar binnen schijnt. Eigenlijk heb ik nog een stapel huiswerk liggen om te beoordelen, maar op dit moment staat mijn hoofd daar allesbehalve naar.

Terwijl Maarten bij vrienden naar de Formule 1 kijkt, struin ik vandaag het wereldwijde web af, op zoek naar meer informatie over vruchtbaarheidstrajecten. Ik neem een slok van mijn smoothie met spinazie, banaan en rode vruchten. Mijn gezicht vouwt zich direct tot een propje. *Gadver, wat een zoete bende!* Het is dat frambozen vol foliumzuur zitten — volgens diverse fora zo ongeveer de heilige graal voor vrouwen die in verwachting proberen te raken...

Let op: een IVF-traject is zwaar en wordt vaak onderschat door patiënten die zwanger proberen te raken.

Bij het woord 'patiënt' lopen de rillingen over mijn rug.

Daarom worden, als patiënten onvruchtbaar blijken om medische redenen, eerst diverse andere methoden geprobeerd. Denk hierbij aan Ovulatie-Inductie (OI) om de eisprong op te wekken. Deze methode wordt onder meer toegepast bij vrouwen die geen regelmatige menstruatiecyclus hebben. Een gemiddelde menstruatiecyclus duurt zo'n achtentwintig dagen.

Ik krijg spontaan hartkloppingen van de laatste twee zinnen en adem een keer goed diep in en uit. Dan klik ik op de link achter het woord 'Ovulatie-Inductie'. In de minuten die volgen beland ik op diverse pagina's over de behandelingen die er bestaan om tegemoet te komen in de onvervulde kinderwens. Naast IVF en OI passeren ook termen als ICSI, IUI en MESA/PESA regelmatig de revue.

Ik staak mijn zoektocht tijdelijk om de opgedane informatie te laten landen. *Mijn god, al die termen…* Ik heb me nooit gerealiseerd dat een kind op de wereld zetten voor zóveel mensen niet vanzelfsprekend is! Sterker nog: er jaren over doen, blijkt voor velen met een verminderde vruchtbaarheid eerder regel dan uitzondering. Sommigen reizen voor behandelingen zelfs af naar het buitenland, zo las ik op een site, bijvoorbeeld omdat vrouwen boven de veertig daar een grotere kans op succes hebben. Na een klein uur klikken, scrollen, lezen en noteren, duizelt het me behoorlijk. Ik klap mijn werklaptop weer dicht en loop naar de keuken, waar de blender schreeuwt om een grondige afwasbeurt. Het is in elk geval goed om te weten dat er nog zoveel opties zijn, mócht het ons via de natuurlijke weg niet gegund zijn. Vooralsnog besluit ik die beangstigende gedachte te onderdrukken.

Die zaterdag erop zijn Maarten en ik, na een succesvolle shopsessie, aan het eind van de middag op een terras in Alkmaar neergeploft. We hebben net een portie bitterballen en een literfles spa rood besteld. En twee glazen champagne, want vandaag is het feest: per 1 oktober begint Maarten voor zichzelf. Nadat hij bij een dealer waar hij op gesprek was geweest al bijna was aangenomen, had hij zich bedacht. Hij wilde helemaal niet meer voor een baas werken, maar meer vrijheid in zijn werk. Het duurde niet lang of zijn eigen garage aan huis was een feit. De eerste klanten hebben zich al via via gemeld. Het jarenlang weer veilig de weg op helpen van zijn netwerk — destijds een vriendendienst — blijkt nu een behoorlijk tactische move te zijn geweest. Zijn website is nog niet eens live, maar nu al kan hij de komende maanden financieel vooruit.

Eerlijk is eerlijk: in eerste instantie hadden de ambities van Maarten me allesbehalve lekker gezeten, gezien onze toekomstplannen. Niet voor niets had ik mijn eigen droom — met Milou een lunchroom beginnen — voorlopig on hold gezet. Ik wil zekerheid en stabiliteit, zeker omdat het vervullen van onze kinderwens nog altijd niet volgens het boekje gaat. Toch kon ik uiteindelijk niet anders dan meegaan in Maartens carrièreswitch. Onze struggles op school hadden de afgelopen periode behoorlijk wat stress opgeleverd in huize Van Wijk - Scholten. Het was voor mij uiteindelijk reden geweest me over mijn eigen bezwaren heen te zetten. Sindsdien probeer ik vooral trots te zijn op het feit dat mijn vent zijn hart durft te volgen.

Als ik een paar minuten later mijn zesde bitterbal heb weggespoeld met een slok Moët, besluit ik weer eens voorzichtig het onderwerp aan te snijden dat we de afgelopen zomer, in een poging de passie weer terug te vinden, bewust hadden vermeden. Door de opeenstapeling van teleurstellingen en mijn geduld dat langzaam begint op te raken, merk ik dat Project Baby steeds meer als een donkere wolk boven onze relatie gaat hangen. Vandaag is een leuke dag, die ik absoluut niet wil verpesten, maar sinds mijn online zoektocht naar verhalen van lotgenoten (voor zover ik ze al zo kan noemen) heeft de behoefte om uit te vogelen wat een succesvolle conceptie bij ons tegenhoudt, me niet meer losgelaten.

'Hé, even wat anders.'

Maarten kijkt op van zijn telefoon, waarop hij net een e-mail aan het beantwoorden was. *Tot zover het gescheiden houden van werk en privé,* denk ik geërgerd. Ik besluit mijn kritiek in te slikken, er zijn belangrijkere zaken. 'Het lijkt me toch goed om eens langs de dokter te gaan. Gewoon, voor een klein onderzoek.'

Maarten moet duidelijk even schakelen. 'Sorry, onderzoek?'

Ik zucht overdreven, om mijn punt aan te dikken. 'Ik wil gewoon weten waarom ik nog steeds niet zwanger ben. Of zelfs maar ongesteld. Hoe kan het nou dat ik na negen maanden zonder anticonceptie nog altijd geen regelmatige menstruatiecyclus heb?'

'Gaan we deze discussie nu weer voeren?' vraagt Maarten dan, terwijl hij een vermoeid gezicht opzet. 'Ik snap niet waarom je dit onderwerp maar blijft opgooien. Hier hebben we het toch allang over gehad?' Snel leegt hij zijn beide glazen en wenkt hij de serveerster, die direct vol enthousiasme onze richting op loopt. 'Ja, zouden wij de rekening mogen? Dankjewel.' Dan wendt hij zich weer tot mij. 'Luister, schat, als we met oud en nieuw…'

'Met kerst hadden we afgesproken,' onderbreek ik hem.

'Met kerst nog geen positieve test in handen hebben, gaan we ons volgend jaar eens rustig verdiepen in eventuele vervolgstappen. Dát was het plan. Ik open een eigen zaak over anderhalve week, hè? Gun me de tijd om op te starten, daarna heb ik weer meer ruimte voor ons en ons toekomstige gezin.'

Normaal gesproken zou het woord 'gezin' me spontaan opnieuw doen vallen voor deze man. Op dit moment is mijn gevoel voor hem überhaupt ver te zoeken.

'Ja, dat weet ik,' zeg ik afgemeten.

'Nou, dan.'

'Ik bedoel alleen… Weet je dat sommige mensen jaren verliezen voordat ze er überhaupt achter komen dat ze onvruchtbaar zijn? En voordat die medische molen waar je vervolgens in terechtkomt daadwerkelijk tot resultaat leidt, kan ik zo wéér een paar jaar verder zijn. Ik wil gewoon geen tijd meer verspillen, Maart. De biologische klok wacht niet.'

Dan slaat de sfeer om.

'Járen verliezen? Hoe kom je daar nou weer bij? Je moet niet alles geloven wat ze op internet zeggen, hè!'

De nonchalante houding van Maarten irriteert me nu echt mateloos. Dan kan ik me niet meer inhouden. Het oudere stel naast ons kijkt nieuwsgierig onze kant op.

'Als je het dan echt wil weten,' snauw ik, 'met "ze" bedoel ik ook professionals uit de medische wereld!'

'Zie je wel, "ook", dat bedoel ik nou. Slaat weer helemaal nergens op dit. En heb je trouwens door dat je alleen maar in de ik-vorm praat?' gaat Maarten sissend verder, om te voorkomen dat ook de rest van het terras ons gesprek opvangt. 'Je mag weleens wat meer rekening met mij houden.'

Als we bij de auto zijn aangekomen, concludeer ik dat dit een hopeloze discussie wordt. Ja, dit is een stap die we samen nemen, ook al ben ik degene die ons kindje straks draagt. En ik begrijp echt dat hij over een paar weken zijn leven radicaal omgooit. Dat ís ook niet niks. Maar snapt hij dan niet dat ik intussen op hete kolen zit?

Onderweg terug naar Velserbroek wisselen Maarten en ik weinig woorden met elkaar. De vermoeidheid slaat bij ons beiden duidelijk toe. De afgelopen negen teleurstellende maanden, het samenwonen, de garage, de toenemende werkdruk op school… het breekt ons nu op.

'Even mijn ogen dicht, hoor,' zeg ik, terwijl de Moët

begint te werken. Dan val ik als een blok naast mijn chauffeur in slaap.

2018

November

Het is precies half twee als mijn vader en ik de tentoonstelling binnenlopen waar hij me al maanden mee naartoe wil nemen. Hoewel ik nou niet bepaald kunstzinnig ben ingesteld, ben ik blij weer even wat tijd met hem door te brengen.

De expositie is een verzameling van de beste werken van diverse kunstenaars, gemaakt in de periode van de achttiende tot en met de eenentwintigste eeuw. De stukken — van schilderijen tot moderne, 3D-geprinte werken — zijn verdeeld over meerdere zalen. In de eerste ruimte, waar voornamelijk zwart-witfoto's en schilderijen hangen en verder alleen een houten bankje staat, ruikt het muf. Terwijl mijn vader met zijn leesbril op zijn neus en zijn handen op zijn rug langs de creaties aan de linkerkant schuifelt, ga ik rechtsom de ruimte door. Een aantal geschilderde figuren lijkt me doordringend aan te kijken. Brr, alleen al daarom mijd ik dit soort plekken liever. Een unheimisch gevoel bekruipt me en ik ben blij als ik mijn vader weer in het midden tref en we arm in arm verder lopen.

De kille zalen en het mistige weer buiten helpen niet

echt mee aan een verbetering van mijn gesteldheid. Vorige week was ik ingestort op werk en sindsdien zat ik ziek thuis. Hoewel het voelt alsof ik momenteel op elk vlak in mijn leven faal, weet ik dat ik deze tijd ook moet gebruiken om de rust in mijn lijf en hoofd terug te vinden. Ik kan niet anders dan me overgeven aan deze burn-out, de diagnose die ik uiteindelijk van de dokter had gekregen.

We lopen de volgende ruimte in. In het midden ervan staat een bronzen kunstwerk dat ik niet goed thuis kan brengen. Het lijkt wel een hoopje mensen bij elkaar, zonder hoofden, maar met heel veel kleur in hun kleding. Voor zover het kleding moet voorstellen.

'Maar vertel eens, hoe gaat het nu met je, lieverd?' vraagt mijn vader dan. Op de heenreis naar het museum hadden we het vooral over ditjes en datjes gehad. Ik wilde het vandaag positief houden, maar wist ook wel dat de vraag uiteindelijk zou komen. Mijn vader prikt al jaren dwars door me heen. In afwachting van mijn antwoord staat hij even stil, terwijl hij mijn arm nog wat dichter tegen zich aan trekt. Een oudere kalende man, die me doet denken aan mijn altijd chagrijnige tandarts, passeert ons. We groeten hem, maar krijgen alleen wat gemompel terug.

'Mwa,' antwoord ik als de man bij een werk verderop tot stilstand is gekomen. 'Deze afleiding is fijn, hoor, maar ik voel me nog niet echt de oude. Daarbij ben ik vanmorgen weer ongesteld geworden.'

Ik kijk naar mijn laarzen. 'Dat kan er ook nog wel bij.'

'Maar dat is toch juist goed? Voor zover ik er verstand van heb dan. Het betekent toch dat je lichaam in elk geval wel functioneert?'

Lichtelijk geïrriteerd schud ik mijn hoofd heen en weer. 'Nou, poeh poeh, fijn hoor, zo'n menstruatie één keer per zes maanden. Dáár kunnen we wat mee!' En dan realiseer ik me dat mijn vader er ook niks aan kan doen dat ik niet lekker in mijn vel zit. Plotseling barst ik — voor de zoveelste keer deze weken — in huilen uit. 'Sorry, ik...'

'Shh, meisje, het is al goed.'

Mijn vader neemt me mee naar een bankje verderop en slaat als we zitten een arm om me heen. Het duurt niet lang voor ik mijn hart bij hem uitstort en vertel over mijn angst nooit moeder te worden en ook nog eens de liefde van mijn leven te verliezen.

Dan slaat hij de spijker op zijn kop.

'Stop nu eens met je druk maken om de "wat als", lieve Toet.' Hoe mijn vaders koosnaampje voor mij ooit is ontstaan, weet ik eigenlijk niet meer zo goed. Het geeft me in elk geval nog altijd een warm en vertrouwd gevoel vanbinnen als ik het hem hoor uitspreken.

'Weet je, je kunt sporten en gezonde rotzooi drinken tot je erbij neervalt, maar dat heeft weinig zin als er iets anders is wat jullie kinderwens in de weg staat.' Hij heft snel zijn hand op. 'Ik zeg niet dat dat zo is, maar jij bent geen arts en ik ook niet. Als ik jou was, zou ik gewoon eens langsgaan bij je huisarts. Daar is hij voor. Al is het alleen maar om hem bij te praten over de fase waar je nu doorheen gaat.'

'Ja, dat is waar.'

'En nog een tip mijnerzijds: ga weer een keer wat leuks doen met Maarten. Volgens mij is het de hoogste tijd dat jullie weer wat aandacht aan elkaar geven.'

De woorden van mijn vader doen me goed, zo realiseer ik me als ik aan het eind van de dag weer huiswaarts keer. En negen van de tien keer heeft hij ook gewoon een punt. Ik besluit zijn advies op te volgen en binnenkort de dokter eens te bellen. Maar eerst is het tijd voor een minitrip met Maarten. En ik weet al precies waar naartoe.

Herzlich willkommen im weihnachtlichen CentrO! lezen we als we hand in hand tussen de eerste uitbundig versierde houten kraampjes door lopen. We zijn nog geen tien minuten op het terrein, maar ik kijk nu al mijn ogen uit. Het is de eerste keer dat ik een kerstmarkt bezoek, maar het voelt gelijk alsof ik in een sprookje terecht ben gekomen. De geur van warm vlees en churros is een stuk beter dan de penetrante pislucht op het centraal station van Oberhausen, van waaruit we net de bus naar Neue Mitte hadden gepakt. Ik kijk verwonderd om me heen. Zeker een kwart van de marktkooplieden en de bezoekers heeft een kerstmuts op en iedereen lijkt in opperbeste stemming.

'Kijk, schat!' roept Maarten als we een kleine twee uur later een tas vol typisch Duits aardewerk en een half kerstdorp hebben ingeslagen. Hij knijpt subtiel in mijn hand en wijst naar een plein aan het eind van de straat, dat zo te zien is ingericht als horecahoek. 'Daar ziet het er gezellig uit. Kom, hoog tijd voor een pauze.'

'Goed plan!'

Niet veel later staan we aan een van de houten statafels op het plein. Ik heb mijn blote handen om mijn glühwein gevouwen en kijk nog altijd betoverd om me heen.

'Genieten dit, hè, mop?' vraagt Maarten, die een arm om me heen slaat, waarna hij wat koude lucht in zijn mok blaast. Ik kijk naar mijn vriend. Het puntje van zijn bescheiden neus is inmiddels rood geworden van de kou. Het geeft hem iets schattigs. 'Kus?' Hij trekt me naar zich toe en plakt een zoen op mijn lippen. Ik voel me voor het eerst in tijden weer warm worden vanbinnen. En dat komt niet door de glühwein.

'Ja,' zeg ik glimlachend, terwijl ik zijn hand pak en met mijn duim over de bovenkant van zijn handschoen wrijf. 'Dit hadden we volgens mij echt even nodig.'

Stille Nacht, heilige Nacht. Alles schläft, einsam wacht… klinkt het door de geluidsboxen naast ons. *Als dit niet de definitie van geluk is…*

Net als we in stilte dicht tegen elkaar aan staan en

ik met weemoed terugdenk aan de fijne momenten die we samen al beleefd hebben, hoor ik plots gejammer achter me. Ik kijk Maarten aan, die me een vragende blik teruggeeft.

'Hoor jij dat ook?' We lijken de enigen te zijn die het geluid opmerken. 'Wacht even.' Ik zet mijn mok neer en loop naar de zijkant van de bar, waar ik een jongetje van een jaar of vijf aantref. Ik kijk om me heen en ontdek verder niemand die zijn ouder zou kunnen zijn. Dan zak ik door mijn knieën, zodat ik op ooghoogte van het kereltje uitkom.

'Hé, wat is er?' vraag ik hem in mijn beste Duits, ervan uitgaande dat hij inderdaad uit deze contreien komt. Maarten is inmiddels nieuwsgierig achter me komen staan.

'Ik.. ik weet niet,' snikt het jochie met een Duits accent. Mijn hart breekt. 'Ik ben mijn mama kwijt,' weet hij uiteindelijk uit te brengen.

'Ga jij anders vast een rondje lopen met hem, mop,' zegt Maarten. 'Pak ik de spullen, ik vind je wel.'

Ik knik en grijp de hand van het ontroostbare ventje vast, dat warm verpakt zit in een want met daarop een afbeelding van Pikachu. 'Waar heb je je mama voor het laatst gezien, weet je dat nog?' vraag ik, terwijl we in de richting van het winkelcentrum lopen. We moeten ergens beginnen met zoeken en binnen is het in elk geval lekker warm.

'Keine ahnung,' antwoordt hij nog altijd jammerend,

terwijl we plaatsnemen aan een tafel bij het foodcourt bij de ingang.

'Vertel eens, lieverd, hoe heet je eigenlijk?' vraag ik dan. Ik aai hem zachtjes over zijn donkerbruine krullen, in een poging hem wat te kalmeren. Het lijkt te werken.

'Heino,' antwoordt hij. Hoopvol kijkt hij me aan, wat me plots doet beseffen dat ik nu volledig verantwoordelijk ben voor het terugvinden van Heino's moeder. Gek genoeg schrikt het me niet af, maar komt er juist een oerinstinct naar boven dat ik nog niet van mezelf kende.

'Oké, Heino, luister goed,' zeg ik dan. Ik kijk het knulletje doordringend aan. Achter hem zie ik Maarten het winkelcentrum binnenlopen. Niet zo moeilijk ook, met zijn lengte is hij zelfs in Duitsland een opvallende verschijning.

'Blijf jij hier zitten, ome Maarten komt eraan. En dan loop ik even naar die meneer daar.' Ik wijs naar een beveiliger verderop, die net verveeld op zijn horloge kijkt.

Heino knikt.

'Hoe heet je mama?'

'Katharina.'

Als Maarten bij ons is aangeschoven loop ik op de beveiliger af. Een paar minuten later wordt *Frau Katharina* via de speakers in de centrale hal vriendelijk verzocht zich te melden bij de infobalie op de begane grond. En weer een paar minuten later ontglipt me een traan als ik zie hoe Heino herenigd wordt met zijn moeder, die hem bij het pinnen plotseling uit het oog was verloren.

Nadat Katharina ons wel een miljoen keer heeft bedankt voor onze goede zorgen, is het wat ons betreft tijd voor wat sterkers. We ploffen neer op een van de verwarmde terrassen aan de hoofdstraat van de markt, die aan het eind van de middag nog in volle gang is.

'Dat was echt mooi, schat, wat je daar vanmiddag deed,' zegt Maarten als een ober een mandje stokbrood met aioli voor ons neerzet. 'Ja, danke schön.' De ober knikt en haast zich dan weer naar binnen. Het is druk op het terras en ik moet mijn stem iets verheffen om boven het geroezemoes uit te komen.

'Vind je?'

'Ja, echt mooi,' herhaalt hij. Hoewel het zo aangenaam warm is door de heaters dat we onze jassen hebben uitgetrokken, is het puntje van Maartens neus nog steeds rood van kleur.

'Ach.' Ik haal mijn schouders op en smeer een stukje stokbrood voor hem. 'Het is toch niet meer dan normaal dat je zo'n jochie uit de brand helpt?'

Maarten antwoordt niet en neemt in plaats daarvan een slok van zijn rode wijn. Zijn ogen zijn neergeslagen en zijn vingers glijden speels over de voet van zijn wijnglas. Dan voel ik zijn grote schoenen onder de tafel om mijn enkels heen draaien.

'Hé, ouwe voetjevrijer!' grinnik ik.

'Luister,' gaat hij dan bloedserieus verder. Zijn blik vindt de mijne weer. 'Ik weet dat we het er even niet over zouden hebben, maar eh…'

Vragend kijk ik hem aan.

'Hoe jij je net ontfermde over Reino…'

'Heino.'

'... over Heino. Ik weet niet… het maakte iets bij me los.'

Plotseling gieren de zenuwen door mijn lijf. In afwachting van wat er komen gaat, neem ik een iets te grote slok van mijn Cosmopolitan, waardoor ik me verslik. Achter Maarten zie ik het hele terras onze kant op kijken.

'O, schatje, kijk toch uit!' Maarten aarzelt geen moment en staat op van zijn stoel. Hij gaat achter me staan en klopt dan een paar keer op mijn rug. Als ik uitgehoest ben kneedt hij liefdevol mijn schouders en draait hij zich naar me toe. 'Gaat-ie weer?'

'Ja, thanks.'

Maarten gaat weer tegenover me zitten en pakt, als hij weer mijn volle aandacht heeft, mijn beide handen vast. 'Goed, waar ik naartoe wilde… Misschien heb je gelijk. Misschien moeten we er gewoon vol voor gaan.'

'Vol voor gaan?'

'Het ziekenhuis. Laten we een afspraak maken en uitvogelen waarom we maar niet zwanger raken.'

Ik weet niet wat ik hoor. Binnen in het restaurant

klinkt luid geklap en gejoel. Zo te horen is een groep Duitsers al flink doorgezakt.

'Meen je dit?'

'Ja. Lieve Saar, je hebt me vandaag onbewust laten zien wat een fantastische moeder je zou zijn. Die warme blik in je ogen...'

Nog even en het wordt één groot tranendal hier.

'Fuck it, laten we er gewoon voor gaan. Wat hebben we te verliezen?'

2018

December

Het is precies een week na pakjesavond als Maarten en ik in alle vroegte zwijgend over het terrein van het Waerder MC lopen. Het voetpad richting de ingang is gelukkig goed gestrooid. De wind is kil en ik trek de rits van mijn groene gevoerde parka nog wat meer omhoog, om te voorkomen dat ik kou vat. Na gesprekken met Maarten, mijn vader en Milou, was het tijd voor de volgende stap. We móésten een antwoord hebben — al was ik er tegelijkertijd doodsbang voor. Via de huisarts waren we uiteindelijk doorverwezen naar het ziekenhuis.

Ik pak Maartens blote hand vast, die ondanks de barre weersomstandigheden klam aanvoelt. Al bij de eerste stap die ik binnen zet, voel ik elke haar op mijn lijf recht overeind gaan staan. Iets in me zegt dat dit ziekenhuisbezoek onze wereld drastisch gaat veranderen. Op welke manier, daar komen we binnen nu en het komende uur achter.

Laten we hopen dat de dokters ons met goed nieuws het nieuwe jaar in sturen.

Een paar momenten later zitten we in de wachtkamer

van de poli Gynaecologie. Ik scan de ruimte. We zijn zo te zien de enige niet-zwangeren. Links van ons zit een vrouw van onze leeftijd met een subtiele bolling boven haar laag uitgesneden spijkerbroek. Ze staart dromerig voor zich uit. Aan de linkerkant naast haar bladert een iets oudere vrouw — van wie ik vermoed dat ze net zo ver is — door een van de Libelles uit de leesmap. Rechts van ons zit een jong stel. De twee zijn overduidelijk drukker met hun telefoons dan met elkaar. Laat staan dat het zo te zien bijna volgroeide kind in de buik van de aanstaande moeder de aandacht krijgt die het verdient. Dan valt er een pakje sigaretten uit de zak van de jas van het meisje, die in een prop op haar schoot ligt. Zonder haar blik van haar telefoon af te wenden, pakt ze de peuken van de grond en bergt ze ze vervolgens weer op. Ik geloof mijn ogen niet. *Doe mij dat kind anders, kunnen jullie ongestoord verder paffen en je leven vergooien met die social media-verslaving!*

Veel meer tijd om me druk te maken om anderen krijg ik niet, want een paar minuten later worden Maarten en ik al opgehaald door Jeff, die zich voorstelt als echoscopist van de poli Gynaecologie. Ik had liever een vrouwelijke arts gehad (of in elk geval een minder appetijtelijk uitziende dokter), maar ik ben allang blij dat er in elk geval geen stagiair over onze voortplantingsorganen gaat oordelen.

'Nou, laten we eens kijken hoe de boel erbij ligt,' zegt Jeff enigszins oneerbiedig als we hebben plaatsgenomen in een karig ingerichte, steriele kamer aan het eind van de gang. Het geheel stelt me nog niet echt op mijn gemak. In de kamer staan alleen een bureau, een zwarte stalen kantoorkast en een gigantische, met leer beklede behandelstoel die ik nog ken van toen Milou haar uitstrijkje liet maken — waarbij ik volgens haar als baken van rust goed van pas was gekomen. Het verwassen gordijntje bij de deur heeft Jeff inmiddels al dichtgedaan.

De man laat er geen gras over groeien, want na een afgemeten 'wees welkom' mag ik meteen met mijn benen wijd gaan klaarliggen voor een inwendige echo, terwijl Maarten links van me op een plastic zitje plaatsneemt.

'Pas op, ik raak je aan, hoor,' waarschuwt Jeff als hij — voorzichtiger dan ik had verwacht voor iemand met zijn postuur — een camera in de vorm van een soort superdildo tussen mijn benen door naar binnen schuift. Ik heb me zelden zo ongemakkelijk gevoeld, al lijkt Maarten geen enkele moeite te hebben met het feit dat er een wildvreemde man met zijn hoofd tussen mijn opgetrokken knieën zit.

'Kijk, dit is je baarmoeder,' verklaart Jeff terwijl hij met een van zijn grote, behaarde handen een liggende, druppelachtige vorm op het scherm aanwijst. 'En dit streepje in het midden is je baarmoederslijmvlies. Dat ziet er keurig uit. Het slijmvlies moet tussen de vijf en tien millimeter zijn rond de eisprong. Jij zit op acht.'

Een gevoel van opluchting.

'Fijn!' roept Maarten, die inmiddels op het puntje van zijn stoel zit.

'Betekent dit dat mijn eitjes binnenkort gaan springen?' vraag ik hoopvol. Ik krijg geen reactie.

'En dan nu je linkereierstok.'

'Oké. Au! Die voelde ik wel!' gil ik en ik kijk Jeff verschrikt aan. *Had hij me niet even kunnen waarschuwen? En waarom geeft hij geen antwoord op mijn vraag?*

'Excuses, het kan inderdaad zijn dat je wel iets voelt als ik in de buurt van je eierstokken kom,' verontschuldigt hij zich. 'Helemaal als je blaas wat vol zit. Wanneer ben je voor het laatst naar het toilet geweest?'

'Uh, dat was thuis. Zo'n twee uur geleden, geloof ik.' *Lekker op tijd, doc.*

Dan blijft het stil. Ik zie Jeff bedenkelijk kijken. 'Hm. Ja, hier was ik al bang voor.' Zonder verdere uitleg beweegt hij de camera naar wat mijn rechtereierstok moet zijn. *Wat is dat toch met dat achterhouden van antwoorden?*

'Sorry, wat zien we?'

Maarten knijpt met zijn ogen en probeert tevergeefs de echo te lezen. 'Hé, dat lijkt wel kaviaar,' grapt hij, totaal ongepast in deze situatie.

Dan lijkt Jeff te beseffen dat hij waarschijnlijk al te veel gezegd heeft, voel ik de camera uit mijn lijf glijden en mag ik me weer aankleden.

'Luister,' zegt Jeff bloedserieus als we alle drie weer aan het bureau hebben plaatsgenomen. 'Ik denk te kunnen zien waarom een succesvolle conceptie op zich laat wachten, maar het is niet aan mij jullie verder in te lichten. Jullie kunnen over twintig minuten bij dokter Rutjes terecht. Zij zal jullie alle benodigde informatie geven.' En als we de kamer uit lopen: 'Maak je in de tussentijd niet te druk, hoor, dit is heel goed te verhelpen.'

Eenmaal terug in de wachtkamer hebben we meer vragen dan toen we vanmorgen het ziekenhuis binnenkwamen. In de tergend lang durende minuten die volgen probeert Maarten wat afleiding te zoeken in een verouderde editie van Autoweek. Ik word met de minuut onrustiger en voel mijn hart in mijn keel kloppen. *Wáár was Jeff al bang voor? Wát is goed te verhelpen? En welke informatie hebben we nodig om verder te kunnen?* Van gekkigheid weet ik niet waar ik het moet zoeken. Ik besluit even naar de wc te gaan. Dan is mijn blaas in elk geval leeg, mocht er straks nog zo'n superdildo naar binnen geschoven moeten worden.

'Mevrouw Scholten?' De tengere arts die dokter Rutjes moet zijn, laat ons een klein half uur later vriendelijk binnen in haar kamer, die al net zo klinisch is ingericht als die van Jeff. *Ze hadden wel wat meer moeite en tijd mogen steken in het creëren van een huiselijke sfeer hier. Of in elk geval een sfeer waarin patiënten zich meer op hun gemak zouden voelen.*

Rutjes komt meteen ter zake. 'Goed. U heeft net een inwendige echo gehad naar aanleiding van het uitblijven van een zwangerschap, begrijp ik.'

'Ja, en uitblijvende menstruaties,' vul ik aan.

'Juist. Nou, dat uw cyclus niet keurig achtentwintig dagen is — of eigenlijk helemaal ontbreekt — dat kan kloppen.'

Ik bereid me mentaal voor op het ergste. Maarten legt, zonder zijn blik van de dokter af te wenden, zijn hand op mijn knie en knijpt er zachtjes in. *We doen dit samen*, herhaal ik ons mantra nog maar eens in mijn hoofd en ik beantwoord zijn gebaar door mijn hand bovenop de zijne te leggen. Dan komt het hoge woord eruit.

'Er zijn geen dominante eitjes in uw eierstokken te zien, bij beide niet. De echo toont aan dat uw eiblaasjes zo goed als allemaal even groot zijn, waardoor ik vermoed dat u aan PCOS lijdt, oftewel: het *polycysteus-ovariumsyndroom*.'

Opeens word ik duizelig, alsof ik elk moment kan flauwvallen.

Rutjes gaat door. 'Dat betekent dat u te veel vochtblaasjes heeft, ook wel cysten genoemd. Er zijn dus geen eitjes die binnenkort gaan springen. Of überhaupt. Met andere woorden: uw eisprong blijft uit. Daarom wordt u niet ongesteld. En is de kans op een natuurlijke zwangerschap ook zo goed als nihil.'

Ik ben als verdoofd en kan een paar seconden niets uitbrengen. Ook Maarten is duidelijk van zijn stuk gebracht door de confronterende diagnose van dokter Rutjes.

'Tot zover het slechte nieuws,' gaat de arts verder. 'Het, tussen haakjes, "lichtpuntje" is dat zo ongeveer een op de tien vrouwen PCOS-klachten heeft en dat er diverse behandelmethoden bestaan om een kinderwens alsnog te realiseren. Daarbij komt een gezonde en stressvrije levensstijl deze kinderwens ook ten goede.'

Ik denk aan het afgelopen jaar, misschien wel de twaalf meest stressvolle maanden ooit. *Niet gek dat mijn cyclus al die tijd van zijn padje is geweest.*

'Ik kan me indenken dat dit allemaal even moet bezinken, dus stel ik voor dat u nu lekker naar huis gaat en weer contact met ons zoekt als u hiermee verder wil. Dan plannen we vervolgonderzoek in, om zeker te weten dat u verder niets mankeert. Op basis van die uitslag kunnen we dan een behandelplan maken.'

De oudejaarsavond die volgt had de mooiste in jaren moeten zijn, waarbij Maarten en ik met onze pasgeboren frummel (of in elk geval met een prominent aanwezige buik) het nieuwe jaar vol liefde, gezondheid en geluk in zouden luiden. In plaats daarvan zat ik met een burn-out thuis, had ik mijn moeder en zus het afgelopen half jaar amper gesproken, vierden Milou en Bart wél hun laatste oud en nieuw met z'n tweeën en zat de liefde van mijn leven aan de andere kant van de wereld voor een driedaagse auto- en motorbeurs. Heel erg vond ik dat laatste overigens niet. Het gaf mij de ruimte om alles wat er het afgelopen jaar was gebeurd, eens rustig voor mezelf op een rij te zetten.

Gelukkig was ik — los van de PCOS-diagnose — kerngezond verklaard, waarna we ons behandelplan uitvoerig met dokter Rutjes hadden besproken. Allereerst was het zaak mijn cyclus weer op gang te brengen. Voor het opwekken van mijn menstruatie krijg ik Duphaston voorgeschreven. Daarna wordt met pillen, Clomid genaamd, mijn eisprong in gang gezet. Omdat het mijn eerste vruchtbaarheidsbehandeling wordt, starten we op advies van de dokter met vijftig milligram Clomid. We kunnen altijd later nog ophogen. Ik moet de pillen vijf dagen slikken, te beginnen op de derde dag van mijn menstruatie, oftewel: op cyclusdag 3. Daarna is het te hopen dat de natuur zijn werk doet en er een eisprong plaatsvindt. Rond cyclusdag 21 moet ik bloed prikken om het progesterongehalte te meten. 'Progesteron zorgt als het ware voor een gespreid bedje voor je ongeboren kindje,' zo had Rutjes uitgelegd. Blijken de progesteronwaarden te laag? Dan heb ik vermoedelijk geen eisprong gehad en bespreken we met haar de vervolgstappen.

Op 25 december was ik, geheel volgens plan, ongesteld geworden. Nooit eerder had ik een gat in de lucht gesprongen bij het aandienen van de eerste menstruatiekrampen. Fijne bijkomstigheid was dat ik vanwege de hele situatie een legitieme reden had gehad om de familiaire kerstverplichtingen af te zeggen. En zo had ik ook meteen de real life confrontatie met mijn moeder — waar ik al sinds onze telefonische woordenwisseling van afgelopen zomer tegenop had gezien — kunnen uitstellen. Aanvankelijk wilde ik nog wel langs mijn vader, maar die had me tot mijn grote opluchting zo ongeveer verplicht een keer aan mezelf te denken en dus lekker thuis te blijven. Wat moest ik toch zonder hem?

Na het wegspoelen van mijn allereerste Clomid-pil met champagne, plof ik op de bank met mijn zelfgemaakte mini-appelflappen. Als ik een keer mag afwijken van mijn strenge dieet, is het vandaag wel, vind ik. Terwijl ik een hap neem en daarbij bijna mijn mond verbrand, zap ik naar RTL4, waar Freek de Jonge net aan zijn oudejaarsconference is begonnen. Ik blus mijn mond met de bubbels en zucht dan eens diep. *Eén ding is zeker: dit wordt een jaar om nooit te vergeten.*

2019

Januari

Het grind kraakt onder mijn voeten als ik een paar weken later richting de ingang van het statige Haarlemse pand loop. Vannacht had ik amper geslapen, niet wetende wat me vandaag te wachten stond. Voor alles is een eerste keer, zeggen ze toch?

Eenmaal binnen zet ik mijn paraplu in de daarvoor bestemde koperen bak en neem ik plaats op een mintgroene stoffen bank in de wachtkamer. Op de andere zit een jongen van mijn leeftijd. We groeten elkaar beleefd, waarna hij zich weer op zijn telefoon stort. *Waarvoor zou hij hier zijn?* Ik kijk om me heen. De rechthoekige ruimte is modern ingericht, met in elke hoek een grote plant. Verspreid over de industriële salontafel liggen diverse magazines.

'Mevrouw Scholten?' Ik schrik als een vrouwenstem mijn naam roept.

'Zeg maar "Sarah", hoor,' zeg ik als ik Mariannes hand schud en haar kamer binnen loop, die in dezelfde stijl ingericht blijkt te zijn als de wachtkamer.

'Goed, Sarah, ga lekker zitten. Wil je een kopje thee? Koffie?'

'Een glaasje water is prima, dank u.'

'Zeg maar "je",' zegt ze lachend.

Marianne loopt de kamer uit, wat mij de gelegenheid geeft mijn hartslag weer enigszins onder controle te krijgen. *Kom op, Saar, je kunt dit.*

'Vertel, wat kan ik voor je doen?' vraagt mijn kersverse psycholoog (of 'coach', zoals ze dat tegenwoordig noemen) als ze tegenover me heeft plaatsgenomen. Ze is lang en tenger gebouwd en ze heeft mijn moeders coupe: kort, her en der wat blonde highlights en met een lichte slag. Aan de zijkanten spot ik wat grijze plukken. Haar blik is vriendelijk, een beetje bezorgd zelfs.

'Nou,' begin ik aarzelend. 'Ik zit gewoon even niet zo lekker in mijn vel, geloof ik.'

Eind vorig jaar, in de eerste week dat ik ziek thuis was komen te zitten, had ik de Haarlemse kliniek gebeld voor een intakegesprek. Niet omdat ik dat zo graag wilde, maar omdat mijn huisarts me zo ongeveer verplicht had een afspraak te maken. Normaal los ik mijn problemen liever zelf op, dus ik vond het niet heel erg dat de lange wachtlijsten me nog wat extra tijd gaven me mentaal op dit bezoek voor te bereiden.

Al gauw dringt het besef door dat ik de komende tijd volledig open kaart moet spelen bij deze vrouw, wil ik ooit nog uit die metersdiepe put raken. Hoe ongemakkelijk ik ook word van het op tafel gooien van al mijn misère. Ik vertel Marianne dus alles. Over ons fertiliteitstraject, het minimale contact met het gros van mijn familie, en over mijn werk waar ik al een tijdje geen plezier meer uit haal, maar voor mijn gevoel in vastgeroest ben. Aan het eind van de sessie komen we op Milou, wier zwangerschap blijkbaar meer aan me knaagt dan ik aanvankelijk wilde toegeven.

'Wat maakt het zo moeilijk voor je?' vraagt Marianne, terwijl ze de bewegingen van haar pen volgt, die zo ongeveer alles wat ik zeg noteert in het schrift op haar schoot.

'Ja, weet ik het,' snotter ik. Ik snuit mijn neus en kijk achter Marianne langs naar buiten, waar de regen nog steeds subtiel tegen de ramen tikt. Dan stop ik het vochtige zakdoekje terug in mijn tas. 'Ik gun het haar zó, echt waar! Maar mezelf ook en... ik weet niet, ik dacht altijd dat ik van ons tweeën als eerste moeder zou worden.'

Marianne kijkt op van haar boekje. 'Het is geen wedstrijd, hè?'

'Nee. Dat is ook zo. Niet met Milou, althans.'

'Maar? Voelt het zo?'

'Nou ja, in zekere zin is het wel een race. Een race tegen de klok.'

Dan legt Marianne haar pen en papier op het kunststof tafeltje naast zich en richt ze zich tot mij. 'Als je dat nu eerst eens loslaat, het idee dat je eierstokken een tikkende tijdbom zijn. Je bent nog hartstikke jong!'

'Zo voelt het anders niet.' Ik spreek de woorden uit alsof ik een kleuter ben die voor een dichte snoepwinkel staat.

'Kind, je hebt nog minstens tien jaar, geloof mij. Er zijn genoeg mensen die na hun veertigste nog een kind baren. Laat die gedachte in elk geval eerst eens los,' herhaalt ze, 'dan zit je niet zo op hete kolen. Dat is beter voor je herstel. Onderschat trouwens die hormonen ook niet, hè? Die hebben heel veel impact op je gemoedstoestand.' Ze buigt zich naar me toe en zegt dan streng, terwijl ze mijn kant uit wijst: 'Nu, wat betreft je werk: jíj́ geeft aan wanneer je je weer klaar voelt om de draad op te pakken. En zet de school je onder druk? Dan moet je maar eens bij jezelf te rade gaan of dit het wel voor je is.'

Het weekend na het bezoek aan de kliniek voel ik me een stuk krachtiger dan voorheen. De eerste sessie had me al genoeg stof tot nadenken gegeven. Zo moest ik volgens Marianne niet weglopen voor mijn angsten, maar mezelf juist af en toe in het diepe gooien. 'Anders leer je nooit zwemmen,' zo had ze gezegd. Daar had ze een punt, helemaal als het ging om onze onvervulde kinderwens. Als ik voorlopig met geen enkele baby of dikke buik meer geconfronteerd wilde worden, kon ik mezelf net zo goed opsluiten op mijn zolderkamer. En dus was ik deze zaterdag vol goede moed op de fiets gestapt, op weg naar Milous babyshower.

Femke en Ryanne, haar oud-studiegenootjes waarmee ze nog altijd goed contact heeft, hadden de organisatie op zich genomen. Voor zover er iets te organiseren viel dan, want in tegenstelling tot hoe het normaal gesproken gaat, was deze babyshower niet geheim gehouden voor de moeder in spe. Milou houdt — net als ik — absoluut niet van verrassingen. Ze had gepleit voor gewoon een gezellige middag met haar lieve vriendinnen. Femke en Ryanne zorgden deze middag daarom alleen voor de hapjes en drankjes. Geen babypotjesproeverij, geklieder met dikkebuikenverf of andere poespas. Ik had me er prima in kunnen vinden. Naast mij hadden Femke en Ryanne ook Milous nichtje, haar buurvrouw Anne met haar driejarige zoontje Dax en onze gezamenlijke yogagenoot Inge uitgenodigd.

Als ik voor Milous deur sta, ben ik toch wat gespannen, merk ik aan mijn opgetrokken schouders. Het is de eerste keer in maanden dat ik Milou weer zie, deze keer hoogzwanger. In de tussentijd had ik haar updates op Facebook uitgezet. Wat als nadeel had dat ik geen idee had hoe mijn vriendin er nu uitzag.

Ryanne doet de voordeur voor me open, heet me hartelijk welkom en schiet daarna direct weer de keuken in om Femke te helpen. Terwijl ik mijn parka aan de kapstok hang, valt mijn oog op een miniwinterjas die van Dax moet zijn. Hij is donkerblauw met beige capuchonvulling en ter hoogte van de linkerborst prijkt een lachende ijsbeer. Ik had hem zo gekocht kunnen hebben voor mijn eigen kind.

Nog voor ik mezelf alweer helemaal gek kan maken, hoor ik Milou achter me de trap af komen. Ik draai me snel om.

'Saar! Wat fijn dat je er bent.' Mijn vriendin geeft me een voorzichtige knuffel en een kus op mijn wang. Ik voel haar buik — waar wel een skippybal in lijkt te zitten — tegen mijn zij drukken. In tegenstelling tot wat ik had verwacht ziet ze er met haar donkerblauwe jeans en witte blouse met kant nog best hip uit. *Nooit geweten dat er zulke leuke positiekleding bestaat.*

Dan pakt Milou met beide handen mijn schouders en kijkt ze me recht aan. In de woonkamer hoor ik Dax jammeren om iets. 'Hé, luister. Ik waardeer echt dat je er bent, maar voel je vooral niet verplicht lang te blijven, hè?'

'Tuurlijk, ik geef mijn grens wel aan,' antwoord ik, wetende dat ik in de praktijk minder assertief ben. 'Hier, ik heb nog een kleinigheidje meegenomen.' Ik overhandig mijn vriendin de twee feestelijk ingepakte saunavouchers. Een romper, knuffel of hydrofiele doekjes vond ik te afgezaagd. Bovendien wilde ik Milou iets geven voor als ze een keer met mij zou willen ontsnappen aan de hectiek van het moederschap.

'Oeeeh, lekker!' roept ze enthousiast uit als ze ziet wat ze in haar handen heeft. Ze leest vluchtig de tekst op de achterkant en richt zich dan weer tot mij. 'Daar prikken we binnenkort een mooi moment voor!' Ze bedankt me met nog een kus op mijn wang.

'Lijkt me heerlijk! Ja, óf jullie gaan lekker met z'n tweeën natuurlijk,' corrigeer ik mezelf snel als ik me bedenk dat 'we' ook op Milou en Bart had kunnen slaan. 'Ik dacht alleen dat Bart niet zo van de sauna was?'

Milou begint te lachen. 'Haha, nee. De enige blotebillenactiviteit waar hij wel voor te porren is vindt in de slaapkamer plaats,' knipoogt ze. 'Kom, we gaan naar binnen, voor we de overheerlijke soesjes van Ryanne mislopen.'

Milou had geen woord te veel gezegd over de bakkunsten van haar vriendin. Tegen mijn eigen verwachtingen in kon ik onze fertiliteitsperikelen aardig van me afzetten. *Marianne zou trots op me zijn.* Misschien had ik deze dag in mijn hoofd ook wel opgeblazen. Zoals ik wel vaker van een mug een olifant maak.

De rest van de middag gaan de gesprekken vooral over hoe klaar we met de winter zijn, het aantal calorieën in een gemiddeld soesje en de aankomende bezuinigingen in het onderwijs, een van de redenen waarom ik het met Milou steeds vaker over onze gedroomde lunchroom heb.

Als ik na tweeënhalf uur weer terug naar huis fiets en de regen midden op de route opeens met bakken uit de lucht komt, kan dat me eigenlijk weinig schelen.

Tegen de trots die ik voel vanwege het feit dat ik er vandaag toch voor Milou ben geweest, kan geen hoosbui op.

2019

Februari

Het is eind februari als Maarten en ik in onze misschien wel meest deprimerende stemming ooit over de boulevard van Zandvoort lopen. De wind is sterk, maar de zilte zeelucht die tegen onze gezichten wordt geblazen is precies wat we even nodig hebben.

De vijftig milligram Clomid had niet gewerkt. En de honderd ook niet. Zoals verwacht waren er door de medicatie wél enkele dominante follikels (oftewel: eiblaasjes) ontstaan, maar daar was dan ook alles mee gezegd. Reden genoeg om mijn dertigste verjaardag deze maand niet uitgebreid te vieren, maar in de vorm van een intieme kaasfondue-avond met z'n tweetjes. Mijn hoofd had niet naar een feestje gestaan.

Omdat dokter Rutjes niet verwachtte dat honderdvijftig milligram van de Clomid wél zou aanslaan, hadden we een doorverwijzing naar de poli Fertiliteit gekregen. Ook waren we aan een nieuwe arts overgedragen, dokter Müller. Gisteren hadden we met hem om tafel gezeten om de mogelijkheden te bespreken. Hij had ons twee opties voorgelegd: mezelf injecteren met het FSH-hormoon om, net als bij Clomid, mijn eiblaasjes te laten rijpen (en uiteindelijk te laten springen) óf een operatie waarbij mijn hormoonhuishouding als het ware gereset zou worden. Tijdens deze zogenaamde laparoscopie — oftewel: kijkoperatie — worden in de grootste eierstok kleine gaatjes gebrand, waardoor de aanmaak van hormonen verandert en ik weer uit mezelf een eisprong zou kunnen krijgen. Volgens de fertiliteitsarts is dit het geval bij ongeveer de helft van de patiënten. Nadeel van een dergelijke ingreep is mogelijke schade aan andere organen. 'En natuurlijk is ook een narcose niet geheel zonder risico,' zo had dokter Müller uiteindelijk nog benadrukt.

Hoewel de operatie dus gevaarlijk kán zijn en ik leukere dingen kan bedenken, had het in mijn oren wel effectief geklonken. Bovendien voelde ik er weinig voor mezelf vrijwillig lek te prikken. Dan maar een complete polonaise aan mijn lijf, maar dan wel zonder dat ik er zelf ook maar iets van meekrijg. Maarten daarentegen had er anders over gedacht, waarop we met dokter Müller hadden afgesproken de beslissing voorlopig uit te stellen.

'Maar goed, wat doen we nu?' vraag ik als we met wat andere strandgangers onder een afdakje schuilen voor een onaangekondigde stortbui.

Maarten kijkt me licht geërgerd aan. Inmiddels ken ik hem goed genoeg om te weten dat deze blik betekent dat hij dit niet het juiste moment vindt om dit gesprek te voeren. Maar als ik op hem moet wachten, zit ik straks met een bolle buik aan de bingo in het bejaardentehuis.

'Ik weet dat jij er anders over denkt,' fluistert hij dan, 'maar ik ben echt van mening dat we eerst die spuiten maar eens moeten proberen. Je verkijkt je echt op de risico's, mop. Alleen zo'n narcose is al levensgevaarlijk. Geloof me, ik weet er dankzij mijn vader alles van.'

'Kán gevaarlijk zijn,' corrigeer ik hem voorzichtig, zonder zijn argument te willen bagatelliseren. Een lege Albert Heijn-tas schiet door een windvlaag voor ons langs. Maarten veegt met zijn mouw wat druppels van zijn voorhoofd. *Een jaar geleden had hij ze ook van het mijne geveegd,* denk ik, terwijl hij in plaats daarvan zijn hand weer in zijn jaszak stopt.

Ik voel me plotseling enorm eenzaam.

'Lieverd, luister. Narcose kan de hersenen beschadigen, en daarbij: in het ergste geval overleef je het niet. Dan zit ik straks zonder kind én vrouw.'

Ho, zei hij nou echt 'vrouw'? In gedachten zie ik mezelf al voor het altaar staan, in mijn parelwitte droomtrouwjurk.

'Stapje voor stapje. We hebben geen haast, toch?'

'Nee... true.' *Althans, jij niet.*

'Daarbij: we doen dit samen. Wat betekent dat ik net zo goed als jij een beslissende stem heb in deze situatie. En zolang er nog andere stappen te zetten zijn voor je onder het mes gaat, laat ik jou niet opereren.'

2019

April

Met trillende handen beantwoord ik nog snel een sterkte-appje van mijn collega Jill, voor ik mijn telefoon op vliegtuigstand zet. Ik bijt een velletje van mijn duim. Geslapen heb ik amper, hoewel ik blij ben dat het eindelijk zover is. Wat mij betreft hadden we geen beter moment kunnen prikken voor de operatie. Nu ik thuiszit heb ik immers alle tijd om rustig te herstellen, zonder in mijn achterhoofd met De Akker bezig te zijn. Helemaal sinds onze doorverwijzing naar het ziekenhuis had ik me vaak schuldig gevoeld als ik er wéér tussenuit moest voor een zoveelste gesprek of echo — die soms wel om de dag plaatsvinden en waarbij mijn lijf jammer genoeg geen rekening houdt met mijn werkrooster. Laat staan voor een ingreep met narcose.

Ik doe het ook niet voor mijn lol, maar ergens voelt het proces van een kind op de wereld zetten inmiddels wel als een keuze.

Een paar weken eerder had ik Maarten kunnen overtuigen om, ondanks alle risico's, tóch voor de laparoscopie te gaan. Uiteindelijk ging hij vrij snel overstag. Al bij de eerste poging van het inbrengen van de naald met het FSH-hormoon, had ik mis geprikt en was het zwart geworden voor mijn ogen. Toen ik een paar minuten later weer was bijgekomen, was er tussen mijn navel en schaamstreek een blauwe plek zo groot als een golfbal ontstaan. Geen haar op mijn hoofd die eraan dacht dit gevecht de volgende maand opnieuw aan te gaan. En wie weet die maand erna wel weer. Het was een traumatische ervaring geweest, die ik nooit meer wilde meemaken. Bovendien was Milou op 16 maart moeder geworden van Sem. Die gebeurtenis had mijn geduld in dit traject officieel naar het nulpunt gebracht.

'Hoe voel je je?' vraagt Maarten bezorgd.

'Kon beter,' antwoord ik naar waarheid.

'Snap ik.'

Ik neem nog een slok van het ijskoude water uit de tap naast ons en knijp dan zacht in Maartens hand, waarna hij liefdevol mijn vingers kust. Hoewel het fertiliteitstraject nog steeds als een onweersbui boven onze relatie hangt en we betere tijden hebben gekend, ben ik op deze momenten extra dankbaar voor hem aan mijn zij. Gisteravond waren we fysiek weer wat nader tot elkaar gekomen. Op mijn initiatief (ik weet immers niet hoe snel ik van de ingreep zal herstellen) was het voor het eerst in tijden weer een uitgebreide vrijpartij geweest. Met kaarsjes, romantische muziek en massageolie die we al honderd jaar in huis hebben, maar gek genoeg nog steeds lekker ruikt. Mocht het bij de eerste spontane eisprong na de ingreep al raak zijn, dan hebben we in elk geval een echte liefdesbaby gemaakt.

'Mevrouw Scholten?'

Van schrik knijp ik iets te hard in het blauwe plastic bekertje, waardoor een deel van het water over de rand gutst. Een grote natte plek verschijnt op mijn dijbeen.

'Ja, dat ben ik.'

'Het team is klaar voor u. Volgt u mij?'

Drie weken na het door elkaar schudden van mijn voortplantingsorganen, loop ik de Etos binnen. Boven het winkelcentrum hadden donkere wolken zich samengepakt, compleet in lijn met mijn druilerige humeur van vandaag. Mijn herstel na de operatie had langer geduurd dan verwacht. Ik had gehoopt na een dag of drie wel weer op de been te zijn, maar had nog zeker anderhalve week plat moeten liggen. Niet zozeer door de wonden in mijn onderbuik en navel, maar door het koolzuurgas dat bij de operatie in mijn buik was gespoten om mijn organen bloot te leggen. En dat was niet de enige tegenvaller. Tot op de dag van vandaag heb ik eierstoktechnisch nog geen teken van leven in mijn onderbuik kunnen bespeuren. De eisprongen die ik voor de operatie dankzij de Clomid had gehad, had ik altijd duidelijk voelen aankomen. Ik vermoed dus dat de operatie zijn vruchten nog niet heeft afgeworpen (letterlijk en figuurlijk), maar om het zeker te weten haal ik vandaag wat ovulatietesten in huis om mijn vruchtbaarste periode te bepalen. De tijd van het koffiedik kijken is wat mij betreft wel voorbij.

Bij het vak met 'Vrouw en kind' erboven blijf ik stilstaan. Op het moment dat ik een ovulatietest uit het schap wil pakken, komt er een jonge vrouw naast me staan. Ik schat haar ook een jaartje of dertig. Na kort twijfelen kiest ze voor een zwangerschapstest van een voor mij onbekend merk. Mijn maag draait zich om en snel begeef ik me naar de kassa. *Misschien is dat 'in het diepe springen' toch niks voor mij.*

Met een ruime voorraad ovulatietesten en twee potjes foliumzuurtabletten van het huismerk op zak, loop ik een half uurtje later weer naar huis. Nu pas merk ik hoe goed de frisse lucht me doet. De motregen heeft plaatsgemaakt voor de zon en ook de donkere wolken in mijn hoofd trekken langzaam weg.

Vol goede moed installeer ik me eenmaal thuis weer achter mijn laptop, waarop wat huiswerkoefeningen van Marianne voor me klaarstaan. Ik pak mijn telefoon uit mijn achterzak en stuur Maarten nog een pikant berichtje. Nu ik weer helemaal hersteld ben van de ingreep én alle ingrediënten voor een vruchtbare maand in huis heb gehaald, kan ik niet wachten tot vanavond. Ik hoop maar dat Maarten er net zoveel zin in heeft als ik, maar welke man staat niet open voor een wilde avond tussen de lakens?

2019

Juli

'Gaat het goed daar, lieverd?'

Ik steek vanaf de houten hoekbank in het keukentje mijn duim op naar mijn vader, die op het voordek staat. Binnen ruikt het naar een mix van verse tulpen, zonnebrand en nostalgie. Hoewel ik betere dagen heb gekend, kan ik ontzettend genieten van het beeld van mijn vader in zijn natuurlijke habitat. Hij draagt een schort dat ik ooit voor hem meenam uit Italië. Zo'n foute, met een torso vol zwart gekruld borsthaar en een sixpack erop. Mijn vader gooit een slok van zijn Leffe achterover, waarna hij met één hand in zijn zij de hamburgers voorzichtig omdraait. Ze zijn vegetarisch, speciaal voor mij. Nu ik toch afgeleid ben geef ik Pringles, die naast me schaamteloos hard ligt te spinnen, ook meteen wat aandacht. Dan stort ik me weer op de huiswerkopdrachten van Jill, als onderdeel van mijn re-integratietraject bij De Akker. Uiterlijk vandaag moeten ze in haar mailbox zitten, maar door alles wat er gebeurd is heb ik de grootste moeite mijn concentratie deze zondagmiddag de baas te zijn. Sinds anderhalve week slaap ik op de boot. Eigenlijk om tot rust te komen, maar door de oorlog in mijn hoofd, is dat tot nu toe nog niet echt gelukt.

De afgelopen maanden waren intens geweest, maar niet vanwege de hartstochtelijke vrijpartijen die eigenlijk op de planning hadden gestaan. Integendeel, het zetten van een nieuwe stap in ons vruchtbaarheidstraject — wat wonderbaarlijk genoeg daadwerkelijk tot een regelmatigere cyclus had geleid — had de relatie tussen Maarten en mij tot een dieptepunt doen kelderen. Ik geef daarvoor deels de hormonen de schuld, die soms echt de duivel in me naar boven halen, maar realiseer me ook dat er momenteel onmenselijk veel op ons bord ligt. Door het traject in combinatie met het herstel van mijn burn-out, de familie-issues én de hectiek rondom Maartens eigen bedrijf, hadden we vorige maand onze grootste ruzie ooit gehad. Sindsdien staat het traject even on hold en slaap ik bij mijn vader. Mijn moeder en Charlot had ik nog niets verteld. Hun ongezouten kritiek is het laatste waar ik nu op zit te wachten.

Als mijn vader ook is aangeschoven en mijn terneergeslagen blik vangt, legt hij zonder verder iets te zeggen zijn arm over mijn schouders. Hij trekt me naar zich toe, waardoor Pringles zo ongeveer wordt geplet en snel van de bank springt, overduidelijk not amused.

'Kom maar, meisje. Het komt goed,' zegt hij, terwijl hij liefkozend mijn arm streelt. Er zijn weinig plekken ter wereld waar ik me zo veilig en geborgen voel als hier.

Ik voel mijn mondhoeken omlaag krullen. 'Ik hoop het zo.'

'Geloof me, lieve Toet.'

'Weet je wat het is,' zeg ik, terwijl ik weer omhoog kom, 'soms heb ik gewoon het gevoel dat ik er helemaal alleen voor sta. Al zijn energie en aandacht gaat naar zijn werk. Ik bedoel, wat is nou belangrijker?' Ik sla iets harder dan de bedoeling was op de tafel om mijn woorden kracht bij te zetten. Pringles werpt me vanaf de andere kant van de bank een chagrijnige blik toe.

Mijn vader knikt. 'Ik ken het maar al te best, meisje. Als je eenmaal samen besluit aan kinderen te beginnen, ben je het liefst morgen zwanger.'

'Ja!'

'Maar, als ik even advocaat van de duivel mag spelen...' Mijn vader onderbreekt zijn betoog kort door een stuk van zijn speklap te nemen. Met halfvolle mond vervolgt hij: 'Maarten heeft ook gewoon veel aan zijn hoofd, hè, net als jij.'

'Maar dan prááṫ je daar toch over? Ik ben verdomme zijn vriendin!'

'Ik doel niet op de garage.'

Vragend kijk ik mijn vader aan, deels afgeleid door het restje saus in zijn mondhoek. Ik wijs ernaar, waarop hij een servet langs zijn lippen laat gaan.

'Heb je er weleens bij stilgestaan dat Maarten

door jullie traject misschien wel extra veel met zijn eigen vader bezig is? Bij wie moet hij straks terecht met al zijn vragen? Heel eerlijk, ik kan me heel goed voorstellen dat het starten van zijn eigen bedrijf op dit moment een zeer welkome afleiding is.'

Ik slik. *Zo had ik het nog niet bekeken.*

'Gun hem ook de kans dit compleet nieuwe deel van zijn rouwproces een plek te geven. Geef hem wat ruimte. Dan zul je zien dat jullie elkaar straks weer vinden.'

'Oké, misschien heb je wel gelijk... Maar hoe moeten we nou kindjes maken als hij 's ochtends om zeven uur al begint en pas tegen negenen thuiskomt?'

Er verschijnt een speelse glimlach op mijn vaders gezicht die ik niet ken, maar die hem in één klap dertig jaar jonger maakt. 'Wees creatief! Breng hem een verrassingsbezoekje tijdens zijn pauze. Zet de wekker eens wat vroeger, het schijnt dat een sportsessie in de ochtend je dag productiever maakt. Of boek een hotel als het een keer wat rustiger in jullie agenda's is. Een andere omgeving doet wonderen. Hoewel je voor mijn part die hele hotelkamer helemaal niet hoeft uit te komen.'

'Dank voor de tips, pap.' Ik merk dat mijn boosheid wat zakt. 'Weet je, ik denk dat ik Maarten na het eten even bel. Ik kan me toch niet meer concentreren. En we moeten de draad toch een keer oppakken.'

'Zo mag ik het horen, meisje! En jullie

behandelingen staan nu toch op pauze, laat die baby anders gewoon even helemaal los. Zorg eerst dat je jullie relatie weer op de rit krijgt en weer volop van elkaar kunt genieten. Zie je daarna wel weer verder.'

'Zal ik doen.'

'Goed zo. En eh, Toet?'

'Ja?'

'Zonder wrijving geen glans, hè?'

2019

Augustus

Het is eind augustus als Maarten en ik op een van de populairste stranden van Kos neerploffen. Een paar uur eerder waren we geland. Bijslapen op de hotelkamer vonden we zonde van de tijd en gemiste vitamine D. En dus waren we, na het op de kamer droppen van onze spullen, direct richting het strand gelopen.

Eenmaal gesetteld op een rustig plekje, met uitzicht op het kabbelende zeewater, was ik blij dat we mijn vaders advies ter harte hadden genomen. Hoewel hij er begin deze maand vier nieuwe klanten bij had gekregen, had ik Maarten toch kunnen overhalen er een paar dagen samen tussenuit te piepen. Zelf had ik mijn hernieuwde start op school ook als pittiger dan verwacht ervaren. Ik had zelfs een keer een terugval gehad, maar heb inmiddels een goed ritme gevonden met drie keer per week vier uurtjes werken. Omdat een weekendje weg in eigen land praktisch net zo duur bleek als een paar dagen op een Grieks eiland, kozen we voor het laatste.

Maarten ligt rechts van me op zijn buik. Zijn armen liggen in een ruitvorm boven zijn hoofd en zijn gezicht is van mij af gedraaid. Aan zijn ontspannen houding te zien, was de keuze voor een last minute naar de zon ook voor hem geen overbodige luxe. Het duurt niet lang voor ik hem zachtjes hoor snurken. Ik pak mijn zonnebrand uit de strandtas en smeer mezelf in. Daarna leg ik een handdoek over Maartens rug om verbranding te voorkomen en laat ik me achterover in mijn ligstoel zakken. *Laat het relaxen maar beginnen.*

Terwijl mijn lijf in een complete ruststand verkeert, is mijn hersenpan juist klaarwakker. Een voor een schieten de herinneringen aan de afgelopen weken door mijn hoofd. Naast de wijze raad een korte vakantie in te lassen, had ik ook de andere tips van mijn vader om nader tot elkaar te komen, braaf opgevolgd. Maar in plaats van het gedoofde vuur daardoor weer te laten oplaaien, waren mijn acties wederom op een drama uitgelopen. En hoe. Toen ik de wekker een keer een half uur vroeger had gezet voor een — laten we zeggen — passioneel potje ochtendgymnastiek, had ik van Maarten bij het ontwaken direct de wind van voren gekregen. Ik was even vergeten dat hij precies die dag een gastcollege zou geven aan toekomstige monteurs. Ik had mezelf wel voor mijn kop kunnen slaan. De poging Maarten tijdens zijn lunchpauze te verrassen met mezelf als lekker hapje, had zo mogelijk nog gênanter uitgepakt. Ik was die bewuste woensdagochtend eerst naar de schoonheidsspecialist geweest, waarna ik eenmaal weer thuis onder mijn jurkje een zwartkanten, semi-doorzichtige body had aangetrokken. Ik had al helemaal voor me gezien hoe het zou gaan. Wilde seks op zijn werkbank, zijn bureau en misschien zelfs in een van de auto's van zijn klanten. Zo doen ze dat in films toch ook? Het idee had me 's ochtends al enorm opgewonden. Helaas was de werkelijkheid een stuk minder romantisch geweest. Wat heet. Met een zo verleidelijk mogelijk loopje was ik de garage die middag binnen geslopen. Terwijl ik op het stemgeluid van Maarten was afgegaan, in de richting van zijn kantoor, had ik alvast de V-hals van mijn jurk wat opzij geschoven. Daardoor was er een stukje kant vrijgekomen en had de nadruk nog meer op mijn decolleté gelegen. Ik had me nog nooit zo sexy gevoeld, maar dat gevoel verdween als sneeuw voor de zon toen ik eenmaal de kantoordeur had opengezwaaid. Ik was me wezenloos geschrokken toen ik in plaats van alleen Maarten ook onze buurman Leendert had aangetroffen. De buurman voor wie Maarten nog weleens een vriendendienst verricht en die niet zelden de behoefte voelt mij net iets te lang aan te kijken. Of een ongepaste, vunzige opmerking te plaatsen die alleen ik dan lijk te horen. Ik had nog nooit zó graag door de grond willen zakken.

Die avond was de bom opnieuw gebarsten. Hoe had ik het in mijn hoofd gehaald Maarten te storen tijdens zijn werk? Ik had nog mazzel gehad dat het Leendert was geweest, zo had ik naar mijn hoofd geslingerd gekregen. Wat als Maarten een gesprek had gehad met een belangrijke klant? Ik had mijn verontschuldigingen nogmaals aangeboden, maar was ook stellig geweest: als hij nog geen kwartier per week kon vinden om op seksueel gebied verbonden te blijven, dan kon hij lekker in de stront zakken. Op zijn beurt had hij mij verweten dat ik alleen nog maar achter zijn zaad aan zat en ik de laatste tijd zelf ook bar weinig initiatief had getoond als het ging om quality time tussen ons.

Ik had de vicieuze woedecirkel doorbroken door die avond nog voor half negen naar onze slaapkamer te vertrekken. Hier moest iets veranderen. Eenmaal in bed had ik vast wat ideeën opgedaan voor ontspannende bestemmingen die ik Maarten de dag erna zou voorleggen. Niet veel later waren de tickets voor Kos geboekt.

Mijn gedachten worden onderbroken door een jong Aziatisch gezin dat zich een paar meter voor ons in het fijne zand heeft geïnstalleerd. Terwijl de vader, die opvallend gespierd is voor zijn lengte, al snel richting de zee loopt, ontfermt zijn slank gebouwde wederhelft zich over hun kleuter. Ze doet een dappere poging haar zoon van een flinke laag zonnebrand te voorzien, maar het kost haar de grootste moeite. Het kereltje wil maar één ding; de zee in. Ik zie moeders zwichten. Dan draait ze haar hoofd al zoekend om en vinden haar ogen mijn blik. Ik schrik van de plotselinge beweging van de vrouw en even schaam ik me dat ik het tafereel al een paar minuten schaamteloos volg, maar ze lijkt het niet te hebben opgemerkt. Met wat handgebaren vraagt ze of ik misschien even op hun spullen wil letten. Ik steek mijn duim op, waarna ze haar handen tegen elkaar vouwt en vriendelijk knikt.

Niet veel later zie ik de jongen zichzelf uitstekend vermaken met een leeftijdsgenootje. Zijn ouders staan inmiddels allebei in het water, elkaar innig omarmend. Het gezin ziet er gelukkig uit. Opnieuw overvalt me een gevoel van eenzaamheid. Zonder dat Maarten het ziet droog ik mijn ogen met mijn handdoek, voor ik besluit me weer op mijn boek te storten.

Die avond hebben we plaatsgenomen aan een tafel aan het knus verlichte Eleftherias Square. Een zacht briesje streelt mijn blote armen. Hoewel het nog altijd minstens vijfentwintig graden is, had ik toch een vestje meegenomen voor later op de avond. Naast ons speelt een gelegenheidsbandje het tweede couplet van *Hotel California*. Een paar kinderen voetballen op het plein en obers lopen op de bomvolle terrassen af en aan met goed gevulde dienbladen. Hoewel de algehele sfeer op het plein gemoedelijk is, hebben Maarten en ik vandaag amper een woord met elkaar gewisseld. Ik hoop dat het gewoon de vermoeidheid is, maar kan niet om de knoeperd van een knoop in mijn maag heen.

Zodra een van de obers met onze bestelling naar binnen loopt, gaat Maarten — met zijn kin op zijn beide handen gesteund — helemaal op in de bewegingen van de jonge voetballertjes verderop. Ik kan niet goed inschatten of hij oprecht geïnteresseerd is in het spel, of in gedachten is verzonken. Om mezelf niet gek te maken zoek ik afleiding aan de andere kant van onze tafel. Naast ons zit een Engels gezin. Terwijl de ouders druk met elkaar in gesprek zijn, kijkt hun dochtertje — ik schat haar een jaar of twee — nieuwsgierig onze kant op. Ze is net zo rossig als ik, maar heeft dubbel zoveel sproeten in haar gezicht. Haar mond zit onder de koekkruimels. Ik zwaai opgewekt naar haar, terwijl ik een 'hai there!' playback.

'Wat een schatje, kijk dan!' roep ik naar Maarten, terwijl ik hem een tik geef tegen een van zijn polsen. De aandacht van de kleine meid is inmiddels weer naar haar tekening verschoven.

Geen reactie. *Iets klopt hier niet.*

Ik schenk wat water uit de karaf op tafel in mijn glas. 'Wil je ook?' Ik reik hem het water aan, in een nieuwe poging zijn aandacht te winnen.

'Nee, thanks,' zegt hij dan, zonder zijn blik af te wenden van het plein.

Ik frons mijn wenkbrauwen. 'Gaat het wel met je?' Ik probeer oogcontact te krijgen, maar Maarten kijkt nog altijd stoïcijns de andere kant op. In de hoek van zijn mond zit nog een restje tandpasta. Ik heb geen puf om er wat van te zeggen.

Dan ben ik het zat.

'Maart, wat is er met je aan de hand? Al sinds we voet op Griekse bodem hebben gezet loop je alleen maar te mokken. Of te pitten. Kom op, waarom doe je zo?'

'Doe ik hoe? Wat lul je nou? Ik ben gewoon moe, oké!' Geërgerd kijkt hij in het rond of ons eten er al aan komt.

'Lieg niet.'

Dan kijkt hij me eindelijk aan, met een mix van kribbigheid en overgave in zijn ogen. De leadzanger van de band zet intussen de laatste noten in alsof zijn leven ervan afhangt. Op het plein wordt een goal gemaakt.

Er volgt een stilte. Secondenlang. Een paar minuten misschien zelfs.

'Ik kan het niet meer, Saar,' zegt hij uiteindelijk hoofdschuddend. Hij laat zijn hoofd in zijn handen rusten.

De woorden zorgen direct voor een golf van paniek door mijn lijf. Hij noemt me nooit zo, tenzij er iets ernstigs aan de hand is.

'Wat niet?' weet ik uiteindelijk uit te brengen.

Maarten heeft nog steeds zijn handen voor zijn gezicht en wrijft er nu zichtbaar nerveus overheen. Op dat moment komt er een ober aan onze tafel staan en wordt onze bestelling voor ons neergezet. Met een geforceerde glimlach bedanken we de man, waarna hij zich weer op een paar andere gasten stort.

'Wát weet je niet, Maart?' vraag ik opnieuw, terwijl ik ga verzitten op mijn rieten stoel, waar mijn bezwete billen om de paar minuten aan vastplakken. *Misschien had ik toch een korte broek aan moeten trekken in plaats van een jurkje.*

'Dit,' bijt hij me dan zachtjes toe, om geen stennis te schoppen. Hij knikt met zijn hoofd in de richting van de peuter. 'Dit... babygedoe.'

Mijn hart bonst inmiddels in mijn keel en mijn mond voelt gortdroog aan. Ik drink mijn glas water in één keer leeg.

Waar gaat dit heen?

Dan gooit Maarten alles op tafel. 'Ik kan niet meer een bedrijf opzetten, én tegelijkertijd aan mijn relatie werken, én dan ook nog eens alles geven in die doodvermoeiende medische molen. Om eerlijk te zijn…' Hij pauzeert even en kijkt me dan weer aan. Zijn voorhoofd glimt van de hitte. Of de zenuwen. 'Ik weet niet eens of ik nog wel vader wíl worden.'

Bam. Ik ben nog nooit zo hard geraakt door een paar simpele woorden. Al snel besluiten we dat we dit gesprek niet *en plein public* willen voeren. We vragen de rekening en zetten koers richting ons hotel. We krijgen toch geen hap meer door onze keel.

Terwijl we zwijgend naar het hotel lopen en het

kippenvel ondanks de zwoele zomeravond op mijn armen staat, realiseer ik me met elke stap meer dat het menens is. *Ik weet niet eens of ik nog wel vader wil worden.* Zo'n uitspraak doet hij echt niet zomaar.

'Alcohol?' vraagt Maarten eenmaal terug op de kamer, terwijl hij met zijn rug naar mij toe de voorraad van de minibar inspecteert. Er verschijnt een bouwvakkersdecolleté boven zijn riem.

'Prima.' Ik zit inmiddels op bed en voel me als verdoofd. *Wat betekent dit voor onze toekomstplannen? Voor ons in het algemeen?*

Als hij twee glazen Ouzo heeft ingeschonken, neemt Maarten tegenover me plaats, op de stoel aan het houten bureautje bij de spiegel. Nu pas vallen me de donkere kringen onder zijn ogen op.

'Maar eh,' begin ik vertwijfeld, terwijl ik mijn wijsvinger over de bovenkant van mijn glas laat gaan. Mijn ogen volgen de cirkels. 'Je ziet het dus niet meer zitten? Vader worden, bedoel ik?'

'Dat heb ik niet gezegd.'

'Letterlijk zelfs.'

'Ik weet het gewoon even niet meer, Saar.'

Plotseling komt alle frustratie van de afgelopen tijd naar boven. 'Nou, kom op, Maart,' val ik dan woest naar hem uit. In mijn plotselinge wilde beweging kan ik nog net voorkomen dat ik mijn Ouzo op het spierwitte dekbed mors. 'Aan "ik weet het niet" heb ik natuurlijk geen reet. Wat wil je? Stoppen met het ziekenhuis? Met ons? Geef me een antwoord, dan kan ik ook verder met mijn leven.'

Dan vliegt de kogel door de kerk. Met een rotgang. Terwijl ik, naarmate we dieper in ons fertiliteitstraject terecht waren gekomen, steeds meer en intenser had verlangd naar het moederschap, was de behoefte ooit vader te worden het afgelopen jaar bij Maarten juist naar een dieptepunt gekelderd, zo blijkt nu. Daar waar ik steeds dankbaarder was geworden voor het feit dat ik in een tijd leefde met zoveel mogelijkheden voor stellen met vruchtbaarheidsproblemen, had het voor Maarten juist steeds minder goed gevoeld. Als het niet op de natuurlijke wijze lukt, dan is ons ouderschap misschien gewoon niet meant to be, zo had zijn conclusie aan het eind van de avond geluid.

Het is tegen elven als ik het gesprek onder de douche nog eens goed laat bezinken. Ik heb hem op de heetste stand gezet en kan mijn tranen niet langer bedwingen. Zachte snikken kaatsen tegen de wanden van de douchecabine. In de kamer heeft Maarten zo te horen een Grieks reisprogramma opgezet op tv. *Als het niet op de natuurlijke wijze lukt, dan is ons ouderschap misschien gewoon niet meant to be.* Eenmaal voor de beslagen spiegel spoel ik mijn gezicht en polsen met koud water. Met de mouw van mijn badjas veeg ik wat damp weg. Mijn spiegelbeeld toont een vrouw van in de veertig. Vijftig misschien. Ik zucht nauwelijks hoorbaar en schud mijn hoofd. Hoe voorbestemd was onze relatie dan geweest? Eigenlijk weet ik het antwoord dondersgoed. En ook wat me te doen staat.

Als ik trouw aan mezelf wil blijven en ooit nog gehoor wil geven aan mijn diepgewortelde kinderwens, die al vanaf mijn eigen jeugd als rode draad door mijn leven loopt, kan ik niet anders dan concluderen dat er geen toekomst voor Maarten en mij is weggelegd. Hoe pijnlijk die beslissing ook is.

2019

September

Terwijl ik de laatste slaap uit mijn ogen wrijf en mijn natte haar in een knot achter op mijn hoofd bind, plof ik neer op de turquoise stoffen bank. Zelfs voor Haarlemse begrippen hebben Bart en Milou een belachelijk grote woonkamer. Ik sla mijn armen over de rugleuning van de bank en kijk de ruimte rond. Het is stil in huis. Zo te ruiken heeft iemand net eieren staan bakken in de keuken. Ik word lichtelijk onpasselijk van de geur, hoewel je me normaal gesproken wakker kunt maken voor een paar versgebakken eitjes. Ik kan, denk ik, gewoon even geen ei meer zien.

Dan zet ik voor het eerst sinds een uur of zeven gisteravond mijn telefoon weer aan. Direct verschijnt er een nieuw bericht in mijn scherm.

Even een vergeten boodschap halen, zo terug! X Lou

Ik glimlach. Wat moet ik toch zonder haar? Na de breuk hadden Milou en Bart me direct onder hun vleugels genomen. Hoewel ik me op mijn vaders woonboot meer thuis voel, was een onderkomen vlak bij school voor nu praktischer. De komende tijd kon ik bij hen blijven en mocht ik alles pakken wat ik nodig had, zo had Milou me op het hart gedrukt. Vandaag heeft Bart een 'mannendag' met zijn vader en kunnen mijn vriendin en ik eindelijk wat meer tijd samen doorbrengen. En met Sem, die inmiddels als een neefje voelt.

Ik loop naar de keuken, waar de ovenklok 9.34 uur aangeeft, en vul een grote mok met heet water uit de Quooker. Dan open ik de koelkast. Na een korte inventarisatie concludeer ik dat drinkontbijt, roomyoghurt en een overgebleven stuk appeltaart niet in mijn dieet passen. Ik sluit de koelkast en pak een sinaasappel uit de fruitmand. Met een aardappelmesje haal ik de schil eraf. Terwijl ik een sappig stuk in mijn mond stop en aan de bar plaatsneem, pak ik opnieuw mijn telefoon erbij en stuur ik Milou als reactie dat ze zich vooral niet voor mij moet haasten. *Ik kan toch nergens heen.*

Dan scroll ik door de laatst gebelde nummers en druk ik op het camera-icoontje. Al na één keer overgaan wordt er opgenomen.

'Hé, Sarah! Goed dat je belt! Hoe gaat het met je?'

'Hoi! Ja, naar omstandigheden wel oké, eigenlijk.'

'Fijn om te horen.' Marianne zit zo te zien in haar praktijkruimte. Achter haar herken ik het abstracte schilderij van de zebra met de hoed.

'Weet je, Marian,' zeg ik, terwijl ik het elastiek weer uit mijn haar haal en ik mijn hand door mijn vochtige lokken trek, 'aan zijn gevoel kan ik niets veranderen. En aan het mijne ook niet.'

'Goed en sterk van je dat je er zo in staat.' Ik trek mijn mondhoeken opzij. 'En weet je meid, waar de ene deur sluit… Oh, wacht even!' Marianne legt haar telefoon neer, waardoor het systeemplafond in beeld verschijnt. 'Sorry,' zegt ze als ze een kleine minuut later weer terug is. 'Er werd een pakketje bezorgd, waar waren we?'

'Geeft niks. Dat waar de ene deur sluit, een andere opent.'

'Ah juist, ja. Zeg, nu we het toch over nieuwe kansen hebben, hoe zit het met je "geheime project"?' Marianne maakt in de camera een haakjesgebaar met haar vingers.

Dan hoor ik een sleutel in het slot van de voordeur.

'Nou, daar belde ik je eigenlijk over, maar mijn vriendin komt net thuis. We gaan de laatste spullen bij Maarten ophalen en dan een lekker eindje wandelen.'

'Ooo, sterkte meid! En eh, je belt maar hè, als je even wil kletsen?'

'Beloofd!'

Een paar uur later loop ik met Milou over een verregende bospad achter hun huis. Sem ligt in de kinderwagen te slapen. In de verte hoor ik wat geritsel, dat meteen overstemd wordt door een blaffende hond. Het afscheid van Maarten, en daarmee onze toekomst samen, was me verbazingwekkend minder zwaar gevallen dan ik had verwacht. Sterker nog: voor het eerst sinds de breuk voel ik een onverklaarbaar gevoel van lichte euforie opborrelen.

'Heb je al een beetje een idee van waar je heen wil?' vraagt Milou na een tijdje nieuwsgierig, terwijl ze een dennenappel voor zich uit schopt.

'Een beetje wel, ja.'

'O? Vertel!' Ik voel haar nieuwsgierige blik van opzij branden. De dennenappel is inmiddels tegen een omgezaagde boom tot stilstand gekomen.

'Laat ik het zo zeggen, ik wil hier in elk geval weg.'

'O echt? Ik dacht dat je de stad wel in je hart had gesloten.'

'Nee, ik bedoel… Ik wil eigenlijk weg uit deze regio. Ver weg.' Ik richt mijn blik, die tot nu toe gefocust was op de T-splitsing aan het eind van het bospad, nu op Milous gezicht, in afwachting van haar reactie. Een oudere man en zijn teckel passeren ons.

Dan gaat mijn vriendin voor me staan en kijkt ze me recht aan, vol ongeloof. Ze was duidelijk niet voorbereid op mijn antwoord, waarvan de stelligheid mezelf eerlijk gezegd ook verbaast.

'Wacht even, je wil emigreren?'

'Nee, gek. Zo drastisch hoeft het roer ook niet om,' antwoord ik, terwijl we weer verder lopen. Vanuit de kinderwagen klinken wat kreuntjes. 'En ik heb ook nog niks concreet uitgedacht of zo. Maar ergens voelt het alsof ik deze nieuwe fase in mijn leven met beide handen moet aangrijpen.'

'Dat snap ik.'

'Ja. Zeg nou zelf, Mil: mijn relatie is over, ik ben nog stééds kinderloos, haal al een behoorlijke tijd geen voldoening meer uit mijn werk en voor mijn familie hoef ik hier ook niet te blijven.'

De volgende woorden branden op mijn lippen. Maar daar waar ik tijdens ons fertiliteitstraject wel geleerd heb mijn kaarten discreet tegen de borst te houden, bang om verwachtingen te scheppen die uiteindelijk toch niet worden waargemaakt, kan ik het besluit waar Marianne me het laatste zetje toe had gegeven, niet langer verhullen.

'Dit is toch hét ideale moment om te gaan voor waar ik écht gelukkig van word?'

'En… dat is?'

'Een nieuwe start. En wel in Zeeland.'

Deel 2

2019

Oktober

Nog een beetje onwennig loop ik door de verlaten straten van het Zeeuwse dorp waar ik als jong meisje ontelbaar vaak kwam. Het is net na zessen, maar pas nu ik in het donker over de verregende klinkers loop, merk ik op hoe uitgestorven het er is. Toch voel ik me vanbinnen als herboren. Ik kan soms nog steeds niet geloven dat ik hier binnenkort mijn eigen bed and breakfast run. Het voelt als de juiste stap.

Een doodenge, maar wel de juiste.

Jarenlang had ik geleefd op een manier zoals die van me verwacht werd. Of zoals ik altijd dácht dat die van me verwacht werd, aldus Marianne. Niet gek dat ik me zó over de kop werkte om iedereen tevreden te houden, dat dat uiteindelijk een burn-out tot gevolg had. Waardoor ik mezelf al helemáál niets meer waard vond. Ik had mensen teleurgesteld, zo voelde het. Ook tijdens onze fertiliteitsreis. En hoe. Om weer de oude Sarah te worden, had Marianne me aangeraden mijn leven compleet over een andere boeg te gooien, al was het maar voor even. Puur om mezelf van dat keurslijf te bevrijden. 'Want jij hebt meer in je mars dan je zelf denkt,' zo had ze gezegd. Ik had niet anders gekund dan haar gelijk te geven: van leven volgens het boekje werd ik ook niet bepaald gelukkig. Het was tijd om in het diepe te springen. Zonder zwembandjes.

De volgende stap was helder: ik ging voor mezelf beginnen. En wel in Zeeland. Dichtbij genoeg om mijn vader en Milou nog regelmatig te kunnen zien, maar ook ver genoeg van de omgeving die me weer terug kon trekken in oude gewoontes. Een lunchroom, het oorspronkelijke plan, was het niet voor mij. Ik wilde meer. Een complete beleving bieden. Na het opzeggen van mijn functie bij De Akker, was er geen weg meer terug geweest. Gelukkig stond er al jaren meer op mijn bankrekening dan bij de gemiddelde vrouw van mijn leeftijd en kon ik dus voorlopig wel even voort. Anders dan mijn studiegenoten had ik mijn vakanties als twintiger niet in Australië, Azië of op een andere exotische bestemming doorgebracht, maar voornamelijk in de Benelux. Daardoor had ik de afgelopen jaren goed kunnen sparen. Iets wat ik van kinds af aan had meegekregen van mijn vader. Sinds mijn pubertijd maken we er samen een sport van altijd en overal de beste deal te krijgen. Ik ben hem tot op de dag van vandaag dankbaar voor dit stukje opvoeding. Dankzij hem kan ik nu mijn droom waarmaken. En niet alleen kon ik een maand geleden deze B&B kopen van een gepensioneerd echtpaar, ik heb zelfs nog een mooi budget overgehouden voor de inrichting. Want dat de accommodatie aan een make-over toe is, dat werd me tijdens de eerste bezichtiging al meteen duidelijk.

Een paar minuten eerder had ik mijn vaders Peugeot 206 op het parkeerterrein van de plaatselijke supermarkt gezet. Toen we samen de B&B hadden bezichtigd, had mijn vader erop gestaan dat ik zijn zilvergrijze bolide van hem overnam. Een gebaar dat ik niet had zien aankomen en waardoor ik spontaan in tranen was uitgebarsten toen hij de sleutels voor me op tafel had gelegd. Enigszins opgelaten maar dankbaar voor het feit dat ik door zijn gift ook nog eens in één klap een paar duizend euro had overgehouden, had ik de auto geaccepteerd. Het was het zoveelste bewijs van de onvoorwaardelijke liefde die we altijd voor elkaar hebben gevoeld. Net als het kaartje met daarop een klavertjevier en zijn gelukwensen, dat ik vlak voor mijn vertrek naar Zeeland in het dashboardkastje had gevonden.

Eenmaal aangekomen in de gemeente die ik vanaf nu de mijne mag noemen, had ik kort naar een parkeerautomaat gezocht, voordat ik me had bedacht dat ik niet meer in de Randstad ben.

Vooruit, Zeeland, 1-0 in the pocket.

Terwijl ik rondloop, kijk ik verwonderd om me heen. Alle winkels zijn al dicht en ook in de woningen erboven is weinig leven te bespeuren. Zo stil heb ik het zelden meegemaakt in het westen. Het lijkt wel een spookdorp. Ik voel me steeds minder op mijn gemak en speel ietwat nerveus met mijn telefoon in mijn jaszak. Dan heb ik die maar vast bij de hand. Ik schrik me een ongeluk als ik opeens in een plas stap, die ik niet had opgemerkt doordat ik mijn samengeknepen ogen op het eind van de straat had gericht. Ik versnel mijn pas en passeer in rap tempo een keurslager, twee souvenirshops, een warme bakker en een vishandel.

Plots sta ik voor een vervallen gebouw. Mijn nieuwe thuis, een onwennig idee. De brasserie ernaast is de enige zaak waar nog licht brandt. 'De Baars' lees ik nu pas op een van de ruiten, waarachter witkanten siergordijnen hangen. In het raamkozijn staan twee uit hout gesneden vissen in hartvorm. Hoewel ik niemand binnen zie zitten, besluit ik er straks een hapje te eten. Zin om te koken heb ik toch niet meer. Bovendien sluit ook de supermarkt hier om zes uur. Zelfs in het weekend.

Oké, Randstad, deze punten zijn voor jou.

In de hal van mijn nieuwe verblijf overheerst een muffe lucht. Nadat ik de logge deur op slot heb gedaan, loop ik met mijn jas en schoenen nog aan door de karig aangeklede hal richting het woongedeelte. Zelfs in deze kleine ruimte zie ik al zoveel wat ik anders zou doen. *Gá doen*. Het besef dat dit nu echt allemaal van mij is, is nog steeds niet helemaal tot me doorgedrongen. Ik loop de eetzaal in, die tevens dienst zal gaan doen als loungeroom. Meteen springt de authentieke open haard, waarop ik direct verliefd was geworden, weer in het oog. Ik hang mijn jas over een van de donkerbruine vintage fauteuils die ervoor staan. Nog enigszins ongemakkelijk — alsof ik bij iemand aan het inbreken ben — loop ik op de receptie af, linksachter in de zaal. Ik kan het niet laten plaats te nemen op de achtergebleven bureaustoel, die prima blijkt te zitten. Mooi. *Met de fauteuils erbij scheelt ook dat weer een paar tientjes.*

De deur tegenover de receptie mondt uit in de keuken. Links bevindt zich een privéruimte met douche en toilet, waarvan straks alleen ik gebruik zal maken. De keuken is simpel maar praktisch en zal ik dan ook als laatste aanpakken. Het raam achterin het keukentje kijkt uit op een binnenplaats die met een oppervlakte van zo'n vijf vierkante meter amper een tuin te noemen is. Het was voor mij bij de overname geen dealbreaker geweest. Voor mijn geplande kruidentuintje is genoeg ruimte en een grote zonaanbidster ben ik met mijn kwetsbare huidtype nooit geweest. Mocht ik tussen de bedrijven door nog een keer een vrij uurtje overhouden, dan ligt het strand op loopafstand. De laatste deur op de begane grond leidt me naar de ruimte achter de receptie, die zo'n acht vierkante meter diep is en mijn eigen woonruimte zal worden. De kamer, nu nog kaal en leeg, is groot genoeg voor een tweepersoonsbed en een knusse zithoek. Meer heb ik niet nodig.

Ik pak alvast wat eerste spullen uit. Dan schuif

ik het kaartje van mijn vader in een hoek van de achtergelaten spiegel, in het midden van de ruimte. Als ik het luchtbed heb opgepompt, overvalt de vermoeidheid me plotseling. Echt zin om me helemaal op te doffen heb ik niet, maar omdat ik wel een goede indruk wil maken op mijn nieuwe buren, besluit ik toch nog snel een borstel door mijn haar te halen voor ik bij De Baars naar binnen stap. Laat zal ik het niet maken, want vanaf morgen moet ik hard aan de bak.

Zodra ik de eerste stap binnen zet en het rode fluwelen gordijn opzijschuif, voelt de brasserie vreemd genoeg meteen aan als thuiskomen. Ben ik hier soms als jong meisje geweest? Ik kan het me niet herinneren. Misschien is het de combinatie van donkerhouten meubels, de rode Perzische tapijten en sfeervolle verlichting. Terwijl ik braaf in de deuropening wacht, kijk ik nog eens goed de zaak rond. Aan de muren hangen meerdere geweien en een paar metalen wandplaten, met daarop afbeeldingen van oldtimers en Marilyn Monroe. Rechts in de hoek, die in een L-vorm loopt, staat een pooltafel. Hier heeft al menig feestje plaatsgevonden, zie ik aan de fotocollage aan de wand bij de bar.

Dan loopt er een fors gebouwde vrouw met platinablond stekeltjeshaar vanuit de keuken mijn kant op. Ze heeft een open blik. 'Hoooi, welkom! Kan ik je helpen?'

Als enige klant voel ik me wat bekeken, maar een alternatief is er niet echt. 'Eh, ja,' antwoord ik, terwijl ik opgelaten in mijn handen wrijf. 'Ik wilde graag een hapje eten. Kan dat?'

'Zeker wel!' zegt de vrouw opgewekt, waarna ze haar beide armen voor zich uitstrekt en haar lichaam van links naar rechts draait. Haar grote borsten, die aan beide kanten uit haar schort steken, hupsen vrolijk mee. 'Zoek maar een mooi plekje uit, kind.'

Zo'n klein half uur later concludeer ik dat ik nooit eerder zulke lekkere linzensoep heb gegeten. Ik ben aan een vierpersoonstafeltje bij het raam gaan zitten. Net als op de andere tafels staat ook op de mijne een smalle, doorzichtige vaas met daarin een rode roos. Ernaast branden twee kaarsen in oranje glazen potjes. Buiten oogt het een stuk treuriger. Nog altijd heb ik niemand door de straat zien lopen. Op de ruiten plakken regendruppels, die verlicht worden door de authentieke zwarte lantaarnpalen in de straat. Ze lijken uit Mary Poppins te komen.

Ik besluit een kopje thee te bestellen. Het voelt nog wat vroeg om weer te vertrekken. Voorzichtig steek ik mijn vinger de lucht in, om zo de eigenaresse te wenken, die iets verderop een paar tafeltjes een flinke poetsbeurt geeft.

'Zeg het eens, lieverd,' zegt ze als ze bij me staat, met haar poetsdoek nog in de hand die in haar zij rust. Ik kan moeilijk inschatten hoe oud ze is. Ze komt in elk geval nog behoorlijk levenslustig over.

'Ik heb wel trek een kop thee,' zeg ik dan. 'Gemberthee, heeft u dat?'

'Gut, zeg nou alsjeblieft eens gewoon "je" en "jij"! En natuurlijk hebben we gemberthee. Je mag trouwens ook een borrel, hoor.' Ze wijst naar de drankkaart. 'We hebben zat, maar wat jij wil, natuurlijk.'

Ik denk na. Dan besluit ik dat een klein drankje geen kwaad kan. 'Ach, waarom ook niet.' Ik pauzeer even en vervolg dan: 'Wilt u, sorry, *je* er anders bij komen zitten?' Ik sta versteld van mijn eigen voorstel. In het westen sta ik nou niet bepaald bekend als de grootste socializer. *Iets met een goed begin en het halve werk.*

De vrouw grijnst. 'Ik dacht dat je het nooit zou vragen. Weet je wat? Ik verwacht toch geen gasten meer, iedereen zit hier verderop bij Joop en Rinus voetbal te kijken. Wij doen gezellig met je mee!'

'Leuk,' zeg ik gemeend.

'Jan trakteert. Toch, Jan?' Bij de laatste twee woorden roept ze lachend in de richting van de keuken. Een kalende man met al net zo'n bourgondische bouw als zijn vrouw, steekt zijn hoofd om het hoekje. Hij had zo de broer van Herman den Blijker kunnen zijn. 'Ja, jij. Schenk jij eens een lekkere borrel in voor deze meid.' Dan neemt de horeca-uitbaatster op de stoel links van me plaats, stopt ze haar poetsdoek in de zak van haar schort en steekt ze haar hand naar me uit. 'Maike, trouwens, met één a.'

Ik pak haar warme hand beet en glimlach. 'Sarah, met twee a's.'

Maike-met-één-a buldert het uit.

Als niet veel later ook Jan is aangeschoven, vraagt het stel — hij een rasechte Zeeuw, zij afkomstig uit Amsterdam-Noord (vandaar dat accent) — me het hemd van het lijf. Althans, ze doen een goede poging, want vooralsnog voelt het nog niet vertrouwd genoeg om mijn relatiebreuk, vruchtbaarheidsissues, burn-out en familiedrama's erbij te halen. Al moet ik wel zeggen dat de oprechte interesse van de twee me goed doet. Nadat ik ze heb verteld over mijn plannen voor de B&B, praten ze honderduit over zichzelf en over hun beslissing om twintig jaar geleden de hoofdstad te verruilen voor dit dorp, waar Jans roots liggen.

Zes afzakkertjes, een encyclopedie aan informatie over de streek en een paar wilde verhalen over een boze buurman later, keer ik — enigszins aangeschoten en met een zere buik van het lachen — weer huiswaarts.

Met mijn laatste restje energie hijs ik mezelf tegen twaalven in mijn joggingpak, voordat ik met een goed gevoel in mijn slaapzak kruip. *Als deze avond een voorbode is van wat me nog te wachten staat, dan heb ik dit jaar een van de beste keuzes ooit gemaakt.*

2019

November

Het is de laatste week van november en ik sta in de rij bij de kassa van de plaatselijke bouwmarkt. Al wachtend tuur ik door de ramen van de ingang naar buiten. Voor het eerst in weken schijnt vandaag de zon weer. Magertjes, maar elke straal is welkom. De afgelopen tijd had mijn enthousiasme over mijn verhuizing naar het Zeeuwse plaatsgemaakt voor twijfel. *Had ik wel de juiste beslissing genomen? Ga ik dit echt in mijn eentje redden? En ga ik mijn vader en Milou niet te erg missen?* Ik weet dat ik niet naar de andere kant van de wereld vertrokken ben, maar mijn vader is ook de jongste niet meer. Had ik er niet verstandiger aan gedaan mijn migratie een jaar of tien uit te stellen?

Terwijl ik gek werd van onzekerheid had ik pap vorige week aan de lijn gehad. Sussend had hij op afstand mijn stortvloed aan tranen weten te stoppen en me op het hart gedrukt dat ik altijd een verstandige, weldoordachte meid was geweest. Impulsief was wel de laatste eigenschap die hij aan mij zou toeschrijven. En natuurlijk, hij miste mij ook, maar hij wist ook maar al te goed dat ik doodongelukkig zou worden in de Amsterdamse metropoolregio. Hij had me altijd willen meegeven voor mijn eigen geluk te kiezen, en was dat niet precies wat ik nu deed?

Het telefoongesprek met mijn vader had me goed gedaan. Daarbij zijn Bart en Milou deze week een paar dagen over om me te helpen de B&B up and running te krijgen. Hun gezelschap komt als geroepen. De energie om van mijn eigen business een grandioos succes te maken is weer helemaal terug en dus was ik vanmorgen vol goede moed op pad gegaan voor een volgende lading verf, nieuwe deurklinken en nog wat andere benodigdheden.

Net op het moment dat ik me begin af te vragen waarom de rij zo traag slinkt, zie ik de oudere dame voor me, die bijna aan de beurt is, opeens paniekerig in haar jaszakken voelen. Ze haalt er uiteindelijk alleen een sleutelbos aan een koordje en een gebruikt papieren zakdoekje uit. Aan haar teleurgestelde blik te zien niet waar ze naar op zoek was.

'Bent u soms iets kwijt?' probeer ik haar te hulp te schieten. Ze doet me met haar verwarde toestand denken aan mijn eigen oma van mijn vaders kant, die zo'n twee jaar voor ze overleed zó hevig begon te dementeren dat ze de laatste maanden zelfs haar eigen zoon niet meer herkende.

'Oh, nee... Nou ja,' zegt ze als ze zich heeft omgedraaid, 'misschien ook wel.' Haar korte grijze haren liggen plat op haar hoofd. Naast haar rechteroog zit een ouderdomsvlek.

Ik kijk haar vragend aan. Een vrouw achter me zucht zo opvallend hard dat ook een paar klanten in de rij naast ons nu nieuwsgierig onze kant op kijken.

'Mijn portemonnee,' antwoordt de bejaarde dame uiteindelijk, met haar hoofd beschaamd op de grond gericht. 'Ik… ik dacht echt dat ik hem bij me had…'

Dan is de vrouw aan de beurt. Opnieuw checkt ze paniekerig nogmaals elke zak.

'Waar heeft u hem voor het laatst gezien?'

De kassamedewerker heeft inmiddels ook door wat er aan de hand is. *Jop*, lees ik op zijn naambordje.

Dan begint de oude vrouw te jammeren. Mijn hart breekt. Dit kan ik niet langer aanzien.

'Hoeveel is het?' vraag ik aan Jop.

Hij scant de fietslampjes en kijkt op zijn scherm. 'Eens zien. Deze zijn zes euro vijfennegentig.'

'Oké, ik wil graag pinnen.'

'Maar…' De bejaarde dame kijkt me beduusd aan, waarop ik mijn hand ophef en naar haar knik, als teken dat ik het onder controle heb. Ik heb nog nooit iemand zo hulpeloos zien kijken.

'O, nou… Vriendelijk bedankt, hoor,' zegt ze dan.

Als ik de winkel verlaat ben ik in opperbeste stemming. *Wat een goede daad al niet met je humeur kan doen.*

Terug in de B&B zie ik dat Bart en Milou flink opgeschoten zijn met het opfrissen van twee van de drie kamers boven. Aan het begin van de week hadden we met z'n drieën het stukgelopen tapijt op de complete bovenverdieping verwijderd, waardoor de originele houten vloer tevoorschijn was gekomen. Ik snap nog altijd niet waarom je zo'n authentiek element zou willen verstoppen. Na deze heuglijke ontdekking had ik alleen maar nog meer zin gekregen mijn tanden in de verbouwing te zetten. Het is nog maar kort dag, maar nu al merk ik dat de verhuizing naar Zeeland en het B&B-project de juiste beslissing waren. De oude Sarah is weer zo goed als terug.

'Zó, Bart, je schiet lekker op!' zeg ik als ik in de deuropening sta van de ruimte die ik gebombardeerd heb tot de Zee-kamer. Met mijn handen in mijn zij kijk ik tevreden het vertrek rond. Nog even en het is klaar om op de foto gezet te worden voor diverse boekingssites.

'Ja toch?' antwoordt Bart, die rechts in de kamer bezig is de laatste van de vier muren te witten.

'Absoluut, lekker zo doorgaan!' Ik steek mijn duim naar hem op.

De muur achter het bed krijgt straks nog een extra verflaag in de kleur oudblauw. Op het steigerhouten plankje boven het bed komen drie schilderijen met op elk ervan een unieke vis. Die matchen met de blauwe vis op de witte muur boven de tv, alleen is die met de hand geschilderd.

In eerste instantie had ik een bevriende kunstenaar

van mijn vader willen vragen voor het handwerk, maar Milou had me zo ongeveer gesmeekt deze klus te mogen doen. 'Dan denk je tenminste nog eens aan me,' zo had ze met een knipoog als argument gebruikt. En ik moet zeggen, gezien het resultaat was het een goede keuze haar te vragen. Dat belooft wat voor de andere ruimtes. De Strand-kamer zal zo goed als een kopie worden van de Zee-kamer, alleen zijn in deze ruimte straks alle vis- en waterdetails vervangen door schelpen en zeesterren.

'Jeeeetje, wat wordt het weer mooi, Mil. Die Van Gogh kan wel inpakken!' roep ik als ik uit nieuwsgierigheid ook de Strand-kamer aan een korte inspectie onderwerp. Ik raak steeds meer onder de indruk van de artistieke skills van mijn vriendin.

'Thanks, babe!' roept Milou vanaf het keukentrapje, terwijl ze met de rug van haar hand een lok achter haar oor duwt. De rest van haar haar heeft ze in een rommelige knot bovenop haar hoofd samengebonden. Zelfs nu ze zichzelf voor de gelegenheid in oude kluskleding heeft gehuld, blijft Milou eruitzien alsof ze zo uit de Cosmopolitan komt lopen. Wat kan deze vrouw níét hebben?

'Ik moet zeggen...'

Ik reik haar een gevulde koek aan. 'Je moet zeggen?'

'Nou, het gaat wel kriebelen, hoor!'

Ik weet meteen waar ze op doelt. 'Ja? Hebben jullie al een woning op het oog?'

'Dat nog niet, maar we hebben inmiddels al wel contact gelegd met een makelaar, die mijn vader nog van vroeger kent.'

'Ooo Mil, wat spannend!' roep ik enthousiast. Al sinds ze met mij mee was gegaan om de B&B in het echt te bekijken, had Milou niet onder stoelen of banken gestoken dat ook zij haar droom om ooit in een rustiger omgeving te gaan wonen, misschien wel een paar jaar naar voren wilde trekken. Ze moest 'alleen Bart nog even meekrijgen'. Ik ben niet gelovig, maar doe sindsdien toch elke dag een schietgebedje, in de hoop dat ook mijn vrienden zich binnenkort permanent in het zonnige zuiden zullen vestigen.

Ik veeg de laatste kruimels van mijn vingers en stort me dan weer op het derde vertrek, dat zich aan de voorkant van de accommodatie bevindt en uitkijkt op de straatzijde van het pand. Kamer Zon is met zijn 28 vierkante meter de grootste ruimte boven en heeft — in tegenstelling tot de Zee- en Strand-kamers, die er in het midden van de gang één delen — een eigen badkamer. De muren van deze ruimte krijgen dezelfde kleuren als de Zee- en Strand-kamers, om zo eenheid te creëren.

Terwijl ik een start maak met de blauwe muur, voelt het steeds meer alsof alles eindelijk op zijn plek begint te vallen. Langzaamaan zie ik het oude, donkere gebouw vol achterstallig onderhoud transformeren tot een frisse, uitnodigende accommodatie met her en der wat authentieke elementen om de oorspronkelijke sfeer te benadrukken. Door oud met nieuw te combineren hoop ik nieuwe klanten aan te trekken, maar tegelijkertijd ook de vaste gasten een warm welkom te bieden. Dit kan niet anders dan een groot succes worden. *Vaarwel Huize Haringvliet, hallo B&B De Oase!*

'Hé, ben je daar weer?'

Verschrikt draai ik me om en kijk dan in een bekend paar grijsblauwe ogen.

'O, excuses, ik wilde niet…'

'Geeft niks, Jop. Ik was even in gedachten verzonken.'

'Hè? Hoe weet je mijn naam?'

Ik glimlach en wijs naar zijn naambordje, dat hij ook vandaag weer keurig op zijn borstzak gespeld heeft.

'Ah, suf...' Jop kijkt beschaamd om zich heen.

'Maar ik was inderdaad nog wat vergeten,' verander ik van onderwerp. 'Sterker nog: het werk is nog lang niet af, dus je zult me hier nog wel vaker tegen het lijf lopen de komende tijd!'

Jops ogen beginnen te glinsteren. Verlegen kijkt hij naar de grond. Vreemd, dat effect heb ik nooit op mannen. Normaal is het andersom.

'Leuk,' lijkt het enige te zijn wat hij nog kan uitbrengen, terwijl hij zenuwachtig aan een doosje met gloeilampen in zijn handen friemelt. 'Nu ik je toch spreek,' vervolgt hij, 'ik wilde je nog bedanken voor je behulpzame actie van gisteren, bij mijn kassa. Met die oude mevrouw, bedoel ik.'

'Wat lief, ken je haar?'

'Nee, maar het raakte me dat je haar niet aan haar lot wilde overlaten. Je ziet tegenwoordig niet vaak meer dat jongeren zich inzetten voor de oudere generatie.'

'Ach, ik vind het niet meer dan normaal dat wij mensen elkaar af en toe een handje helpen,' antwoord ik al schouderophalend, terwijl ik me afvraag hoe oud (of jong) hij me schat als ik blijkbaar nog onder de categorie 'jongeren' val. Ik kijk naar zijn babyface en asblonde piekhaar. *Veel ouder dan dertig zal hij toch zelf ook niet zijn?*

Hoewel ik eigenlijk verder wil in de B&B, vind ik het sneu Jop af te kappen als hij gepassioneerd vertelt over zijn vrijwilligerswerk in een verzorgingshuis een paar kilometer hier vandaan. Terwijl hij aan het woord is, valt me pas op dat hij niet veel groter is dan ik. Hij heeft een subtiel neusje, slanke lippen en lange wimpers, wat hem een zachtmoedige uitstraling geeft. Iets boven zijn lip zit een kleine moedervlek.

'Maar eh,' kapt Jop zijn eigen spraakwaterval af. Eerlijk gezegd heb ik er weinig van opgeslagen. Ik voel mezelf rood worden. 'Hoe heet jij eigenlijk?'

Een paar minuten later loop ik met zeven nieuwe gloeilampen, vier rookmelders en het telefoonnummer van Jop de winkel uit. Even had ik getwijfeld het aan te nemen, om geen verkeerd signaal af te geven, maar toen had ik me bedacht dat wat extra hulp de komende weken nog best van pas komt. Per slot van rekening werkt deze man in een bouwmarkt. Dan kun je geen twee linkerhanden hebben, toch?

2019

December

Het is twee dagen voor kerst als ik — gewapend met een steekwagentje en twee grote Action-shoppers onder mijn arm — De Baars binnen stap. Nu pas valt me op hoe groots Maike en Jan hebben uitgepakt met sfeerverlichting. Ik zet de steekwagen tegen een donkerhouten bistrostoel, pak mijn telefoon uit mijn zak en noteer nog snel 'sfeermakers' op mijn boodschappenlijst. Dan groet ik Jan. Hij zit achterin de brasserie op een van de barkrukken. Zo te zien is hij druk met de administratie.

'Hoi Jan, wat is het hier gezellig!'

'Hé meid,' antwoordt hij, als hij opkijkt van zijn scherm. 'Kom verder, hoor. De vrouw des huizes is geloof ik nog met de was bezig.' Hij gebaart dat ik een willekeurige stoel kan pakken.

Hoewel ik normaal gesproken een bloedhekel heb aan mensen die te laat komen, slik ik mijn frustratie deze keer snel weer in. Ik sta inmiddels behoorlijk bij Jan en Maike in het krijt — en niet alleen door hun hulp bij de verbouwing, waarvoor ik ze tot in de eeuwigheid dankbaar zal zijn. De twee zijn er voor mijn gevoel, in de paar weken dat ik ze ken, meer voor me geweest dan mijn moeder in al die jaren. De afgelopen tijd ben ik weer veel met haar bezig, merk ik. Van zowel haar als Charlot heb ik tot op de dag van vandaag niets gehoord, al had ik mijn zus uiteindelijk wel verteld van de breuk met Maarten en mijn verhuizing en wist ik honderd procent zeker dat mijn moeder inmiddels ook op de hoogte moest zijn. Het feit dat ik de feestdagen dit jaar niet alleen bij haar, maar ook bij mijn vader oversla omdat die zich al weken niet lekker voelt en daarom even zijn rust wil pakken, maakt me extra somber.

De Oase is een meer dan welkom lichtpuntje in deze extra donkere dagen. De afgelopen weken ben ik bijna dag en nacht bezig geweest met het eigenhandig opknappen van de B&B. Naast alle ellende in mijn privéleven voelt het fijn eindelijk weer ergens de regie over te hebben. Het doet me goed al mijn liefde in dit 'kindje' te kunnen steken en mensen dicht bij me te hebben op wie ik voor de volle honderd procent kan bouwen. Vorige week hadden Bart en Milou hun schaarse aantal vakantiedagen opnieuw opgeofferd om me te helpen en ook Jop, Jan en Maike hadden elk vrije uurtje in de B&B gestoken. Ik zal deze vriendschappen voor altijd koesteren.

Dit ontspannen dagje weg met Maike, die inmiddels als een tweede moeder voelt, komt als geroepen. Nu het kluswerk in De Oase erop zit, is het tijd voor het leukste gedeelte: zorgen voor knus ingerichte kamers waardoor mijn toekomstige gasten zich helemaal thuis zullen voelen in mijn Zeeuwse accommodatie. Voor vandaag heb ik een route langs diverse kringloopwinkels in de regio uitgestippeld, waar ik het grootste deel van de inboedel vandaan hoop te halen. De meeste adresjes had ik van Jop gekregen. Het voelt goed om op deze manier mijn steentje bij te kunnen dragen aan een duurzamere wereld. Omdat De Baars buiten het toeristenseizoen altijd op zondag en maandag gesloten is, had Maike er tijdens onze eerste ontmoeting al op gestaan met me mee te gaan als het zover was. Hoewel ik het normaal gesproken heerlijk vind om alleen door winkels te struinen, kon ik in dit geval wel wat extra handen én een gids gebruiken. Daarbij beschikken Maike en Jan over een ruime bestelbus.

We beginnen in de grootste tweedehandszaak uit de regio, die op zo'n half uurtje rijden van de B&B ligt. De bus kunnen we gelukkig precies voor de deur kwijt.

'Goed, we zijn dus op zoek naar lichthouten meubels voor de drie kamers boven en naar donkerhouten meubels voor de eetzaal,' vat Maike mijn briefing, die ik haar in de auto had gegeven, goed samen.

'Én naar blauwe accessoires in het zon-, zee- en strandthema,' vul ik aan.

'Bingo!' roept Maike opgewekt als ze direct bij

binnenkomst al een fruitschaal in de vorm van een schelp spot.

'Wat goed! Meenemen die hap!'

Terwijl ik tussen de grotere meubels door loop, zie ik mijn buurvrouw aan de andere kant van de winkel met een kandelaar in haar hand staan. Ik laat mijn vingers over een eikenhouten eettafel glijden. Hij is prachtig en past goed bij de stijl die ik voor ogen heb. Dan valt mijn oog op een afgedankt object een paar meter verderop. Voor ik het zelf doorheb, bewegen mijn voeten ernaartoe. Een paar tellen later sta ik voor de beige kinderwagen, waarvan ik vermoed dat hij ooit wit uit de fabriek is gekomen. Hoewel de wagen een klassieke look heeft, verraden diverse geavanceerde details dat hij nog niet zo oud is. Het kan me niks schelen. Ik ben verliefd en reken dit pareltje het liefst meteen af. Strik eromheen en gaan. Jammer dat ik geen kind heb om erin te vervoeren.

Ik kan het niet laten en ga er toch even achter staan, zoals ik vroeger als meisje van een jaar of zes ook al trots met mijn poppenwagen door het winkelcentrum liep. Net als ik bedenk dat ik het mezelf alleen maar moeilijker maak op deze manier, hoor ik Maike naast me verrast 'Oh?' roepen.

'Heb je me wat te vertellen, wijffie?' vraagt ze opgewekt, terwijl ze haar rechterarm om mijn schouders slaat en me tegen zich aan drukt. Als ze mijn terneergeslagen blik vangt, betrekt haar gezicht en laat ze me snel weer los. 'O lieverd, wat is er? Sorry, het was niet mijn bedoeling om...'

'Het geeft niks,' onderbreek ik haar. 'Even naar buiten?'

Ik loop voor Maike uit en haast me naar de uitgang, maar nog voor we de frisse buitenlucht bereikt hebben, proef ik de zilte smaak al op mijn lippen. Eenmaal terug in de bus vertel ik Maike voor het eerst over Maarten, over onze kinderwens, mijn PCOS, mijn moeder, Maartens vader, de pillen, spuiten, operatie, de uiteindelijke beslissing zonder elkaar verder te gaan.

Als ik bij het hoofdstuk 'nieuw leven in Zeeland' ben aangekomen, ben ik al wat gekalmeerd. Mijn tranen lijken op. Voor vandaag dan.

'Ach, lieverd, toch.' Als ik uitgerateld ben wrijft Maike meelevend met haar hand over mijn been. Ik besef opnieuw dat ik niet alleen mijn vader, maar ook mijn — of in elk geval *een* — moeder mis nu ik hier in mijn uppie aan de andere kant van het land zit.

'Meid, wat heb jij al veel op je bordje gekregen op jouw leeftijd!'

'Tja, nu ik het zo allemaal opsom is het niet niks eigenlijk, hè?'

'Zeker niet, en daar mag je je best af en toe gewoon effe klote over voelen, hoor!' zegt Maike met haar plat-Amsterdamse accent. 'Elke traan is weer wat druk van de ketel, niet dan?'

Ik knik dankbaar naar mijn buurvrouw. Een stel dat net de kringloop is uitgekomen, probeert met veel moeite twee nachtkastjes passend achterin de auto te krijgen. Mijn ogen blijven de worsteling volgen, terwijl Maike verder praat.

'Misschien troost het je wat, maar weet dat je niet de enige bent. Jan en ik zijn ook, nou... wel zo'n kleine twee jaar bezig geweest.'

'Echt?' Mijn aandacht is weer terug bij Maike.

'Ja. En onze vrienden maar kinderen krijgen bij de vleet, afijn, je zult het herkennen. Uiteindelijk kwamen we erachter waarom het maar niet wilde lukken.' Ik hang inmiddels aan Maikes lippen. 'Ik bleek vervroegd in de overgang.'

Ik schrik van haar laatste woorden en weet even niet zo goed wat ik moet zeggen.

Voor het ongemakkelijk wordt, vervolgt ze het gesprek. 'Uiteindelijk kozen we ervoor volop van elkaar te genieten, in plaats van ons leven te laten leiden door ziekenhuisbezoeken, teleurstellingen en noem het maar op.'

Ik sla mijn ogen neer en knik. 'Herkenbaar.'

Ik twijfel kort over mijn volgende vraag, maar stel hem dan toch. 'Heb je je nooit schuldig gevoeld tegenover Jan? Ik bedoel, net als bij mij lag het in jullie geval ook... nou ja, eigenlijk dus aan jou dat het niet lukte. Dat heeft mij in elk geval altijd het meest dwars gezeten. Dat ík Maarten nooit op natuurlijke wijze vader zou kunnen maken.'

'Heeft hij je dat ooit verweten dan?'

'Nee, nee absoluut niet, begrijp me niet verkeerd.' Ik schud snel mijn hoofd heen en weer. 'Maar het heeft wel altijd aan me geknaagd.'

'Geloof me, meis, ik ken het gevoel. Ik heb er ook lang mee gezeten, zelfs nog een tijdje bij een psycholoog gelopen. Daar bleek ik uiteindelijk toch te nuchter voor, maar ze heeft me wel meegegeven altijd te focussen op het positieve.'

Ik frons mijn wenkbrauwen. 'Wat is er positief aan een langslepend, energievretend fertiliteitstraject?'

'Het heeft Jan en mij veel dichter bij elkaar gebracht. En dat geldt voor jou en Maarten ook, lieverd. Kijk, wat niet gaat, dat gaat niet,' — op dat moment zie ik de man met een van de nachtkastjes terug de winkel in lopen — 'maar dat hele rottraject zal jullie voor altijd verbinden.'

Ik knik opnieuw, maar deze keer uit beleefdheid. 'Als jij het zegt. Nou ja, hoe dan ook: ik hoef in elk geval voorlopig geen nieuwe man in mijn leven. En ik zit al helemaal niet te wachten op een nieuwe rits aan behandelingen die alleen maar tijd en geld kosten en nergens toe leiden. Ik vind het voor nu wel best zo.'

'Tja, ik snap heel goed dat je er nu zo over denkt, hoor, vrouw. Maar nog even — voor je je te veel laat beïnvloeden door ons verhaal...' Maike legt moederlijk haar hand op mijn bovenarm. Het voelt verrassend fijn.

'Toen wij de handdoek in de ring gooiden was ik al 38. Jan en ik leerden elkaar op latere leeftijd pas kennen, ik vermaakte me altijd prima in mijn uppie, genoot van de aandacht van de diverse mannen die op mijn pad kwamen. Als je snapt wat ik bedoel,' giechelt ze en knipoogt overdreven met daarbij één vinger onder haar oog. 'Maar goed, waar was ik? O ja, nou ja, mijn eitjes werden er in elk geval niet jonger op, dat begrijp je wel. Jij hebt nog heel wat jaren voor de boeg, dus laat je vooral niet tegenhouden door mijn levensverhaal. Ik merk aan alles dat jij nog lang niet klaar bent om op te geven. Je had jezelf moeten zien staan net achter die wagen!'

Ik voel me betrapt, maar tegelijkertijd geven de woorden van Maike me hoop.

'Je zou een fantastische moeder zijn, eerlijk.'

Ik glimlach. 'Lief van je, buuf.'

'We moeten alleen de ware nog even vinden!'

Bepalen of hij De Ware is, daar is het nog wat te vroeg voor, maar spijt dat ik hem heb uitgenodigd vanavond heb ik in elk geval niet. Maike wilde koste wat kost voorkomen dat ik het nieuwe jaar alleen in zou luiden en dus had ze me gevraagd deze oudejaarsavond aan te schuiven bij haar en Jan en twee van hun vrienden, Hans en Ellen, voor een traditionele spelletjesavond in De Baars. Maar, zo had ze gezegd, ik mocht alleen komen als ik iemand meenam. En zo gebeurde het dat ik vanavond samen met Jop een Triviant-team vorm tijdens mijn allereerste oud en nieuw in Zeeland.

Het is de eerste keer dat ik Jop in andere kleding dan zijn werktenue zie. *Grappig, met zijn groen-wit geruite pullover heeft hij eerder wat weg van mijn vader dan van een vlotte kerel*, denk ik, terwijl Jop het bovenste kaartje van de stapel voor hem pakt. We zitten met z'n zessen in een hoek van de brasserie, links van de ingang. Buiten regent het pijpenstelen, maar binnen voelt De Baars als een warme deken over de misschien wel meest druilerige oudejaarsavond ooit. De avond is nog jong, maar ik heb in tijden niet zoveel gelachen als de afgelopen uren. Mede dankzij de rijkelijk vloeiende drank. Omdat ik al mijn energie de afgelopen weken in de B&B heb gestoken, voel ik me na anderhalf glas wijn al flink draaierig worden.

'Ik zeg, tijd voor een nieuwe borrelronde. En een sigaret, wat jij, maat?' Jan schrijft onze wensen op een bierviltje — ik bestel een Sauvignon — en verdwijnt dan een paar tellen later met Hans de keuken achter de bar in. Ze zijn nog niet weg of Jop wordt al door hun echtgenotes aan een uitgebreid vragenvuur onderworpen.

'Zo, vertel eens, jongen,' begint Ellen het verhoor nieuwsgierig, 'hoe oud ben je, waar kom je vandaan…'

'... en wat doet je vader?' vult Maike ad rem aan.

De vrouwen kijken elkaar aan en proesten het uit. De wijn valt blijkbaar ook bij hen goed. Jop zit nog steeds aan zijn eerste glas cola en moest na zijn entree zichtbaar wennen aan zijn behoorlijk aanwezige tafelgenoten. Even had ik me schuldig gevoeld dat ik hem zo voor het blok had gezet, maar al snel lachte, dolde en joelde hij gezellig met het gezelschap mee.

Totdat Maike hem zojuist een blijkbaar pijnlijke vraag stelde.

Het blijft stil. 'Geen idee, eigenlijk. Mijn vader is weggelopen toen ik vier was.'

In één klap zitten de druktemakers — Jan en Hans zijn inmiddels weer aangeschoven — als verdoofd aan tafel. Ook ik ben even sprakeloos.

'Het geeft niks hoor,' gebaart hij dan naar Maike en indirect naar ons allemaal, 'dat konden jullie niet weten. Sterker nog: ik weet zelf ook niet beter dan dat ik ben opgegroeid zonder vader. Maar als ik de verhalen van mijn moeder mag geloven woont hij inmiddels ergens in België. Ze heeft nog weleens een kaart naar hem gestuurd, maar die is nooit beantwoord.'

Gefascineerd neem ik Jop nog eens goed in me op. Nu pas ontdek ik de minuscule groeven in zijn gezicht, die stuk voor stuk een deel van zijn verhaal vertellen. Mijn interesse in wat deze man allemaal nog meer tot Jop maakt, is plotseling gewekt.

'En de band met je moeder?' vraagt Ellen.

'O, daarover heb ik niks te klagen. Mijn moeder heeft zowel de moeder- als vaderrol altijd met verve vervuld. Ze werd begin dit jaar dement en zit nu in de Duinhove.'

Opeens gaat er een lampje bij me branden.

'Het verzorgingshuis waar je als vrijwilliger werkt...'

Jop knikt bevestigend. Dan ben ik aan de beurt. Ik deel een samenvatting van wat mij naar Zeeland heeft gebracht, maar laat de onvervulde kinderwens en het vruchtbaarheidstraject achterwege. Gelukkig begint ook Maike er niet over.

Zo'n drie kwartier voor het landelijke aftelmoment ben ik de eerste die zich na een plaspauze weer in de hoek van de brasserie installeert. Mijn hoofd tolt inmiddels als een gek, waardoor ik net op het toilet de grootste moeite had een nieuwe wc-rol aan de houder te rijgen.

Ik staar wat afwezig uit het raam, terwijl ik met mijn plastic roerstaafje een paar keer het schijfje citroen in mijn lege glas ice tea tegen de bodem plet. Nog maar een frisje bestellen zo, anders komt het vannacht in bed niet goed. Een druppel citroen schiet in mijn oog. *Au! Verdomme, Saar.* Dan hoor ik stemmen buiten en zie ik een paar schimmen de straat in lopen. *Vreemd, het is hier al de hele avond uitgestorven*. Er valt weinig te zien door het schemerlicht. Wel denk ik twee mannen en twee vrouwen te herkennen. Als het groepje langs De Baars loopt, kijkt een van de mannen me plotseling recht in de ogen aan. Ik heb geen idee waarom, maar mijn hart slaat direct een slag over. Schrok hij nou ook? Of verbeeld ik me dit hele voorval? Voor ik het weet kijk ik weer uit op een lege straat. Ik wrijf een keer goed in mijn ogen en neem mezelf voor de champagne straks beleefd af te slaan. Genoeg alcohol voor vandaag.

Stipt om middernacht luiden we met z'n zessen uitgelaten het nieuwe jaar in.

'Op jullie gezondheid, luitjes!' roept Jan.

'En op de liefde!' voegt Maike daaraan toe, terwijl ze naar mij knipoogt en subtiel in de richting van Jop knikt. In de seconden die volgen weet ik even niet waar ik het zoeken moet.

'Bedankt voor de uitnodiging, Sarah.'

Het is een paar minuten over één en Jop en ik staan voor de deur van de B&B. Jan, Maike, Hans en Ellen hadden ons na het officiële proostmoment nog uitgenodigd voor een afzakkertje, maar die hadden we uit vermoeidheid beleefd afgeslagen. Nu waren we nog met z'n tweeën, in een doodstille straat waarin, op een paar kapot geknalde rotjes na, niets op een nieuwjaarsnacht duidt. In Amsterdam is de helft van de straat op dit tijdstip vermoedelijk nog niet eens aan de helft van de vuurwerkvoorraad toegekomen. Ik vind het stiekem heerlijk, die serene rust.

Als het me na zes mislukte pogingen eindelijk lukt de sleutel in het slot van de deur te steken en ik Jop gedag wil zeggen, maakt die nog steeds geen aanstalten richting zijn eigen huis te gaan. Opeens slaat de schrik me om het hart en ben ik nuchter. *Wacht even, hij verwacht nu toch niks van me?* Op dat moment zet hij nog een extra stap in mijn richting, waardoor we zo goed als met onze borst tegen elkaar aan staan. Hij ruikt naar rook en frituur tegelijk. *O god, dat doet hij wel.* Het is dan ook wel echt een filmisch tafereel, dit. Een jongen en een meisje, die beiden op hun eigen manier dit jaar behoorlijk wat voor hun kiezen hebben gekregen, ontmoeten elkaar tussen de wandcontactdozen en hogedrukreinigers en luiden vervolgens de eerste dag van het nieuwe jaar — van een potentieel nieuw begin — in met een onuitwisbare, gepassioneerde kus. Het had zo een scène uit Bridget Jones's Diary kunnen zijn. Maar iets houdt me tegen. Al weet ik niet precies wat.

'Nou, ik ga maar eens naar bed,' zeg ik vlug en ik zet een subtiele stap achteruit, om het ongemakkelijke moment te verbreken. Ik kan nog net voorkomen dat ik over de drempel struikel.

Bam. Jops romcom-bubbel spat voor mijn ogen kapot.

'Eh, ja. Goed. Dan ga ik ook maar.' Jop draait zich snel om en loopt richting zijn fiets, die tegenover De Baars tegen een paal staat — uiteraard niet op slot. *Natuurlijk, dat kan ook gewoon hier.*

'Hé, Jop?'

'Ja?'

'Nog bedankt voor alle hulp dit jaar, hè? Eh, vorig jaar dus,' corrigeer ik mezelf.

Hij trekt verlegen een mondhoek omhoog. 'Geen probleem.'

Als hij wegfietst, zwaai ik hem nog na, maar Jop kijkt niet meer achterom.

2020

Februari

In de eerste weken van het jaar breng ik veel tijd met Jop door. Jan en Maike waren, met de laatste resten alcohol nog in hun bloed, in de vroege middag van 1 januari richting Zell am See vertrokken voor twee weken skiën. Of, waarschijnlijker, *après*-skiën. De hulp van Jop was in de afwezigheid van mijn buurtjes extra goed van pas gekomen. Ik had hem meegesleurd naar een ZZP-middag van de Kamer van Koophandel voor wat laatste ondernemerstips. Hem zoet gehouden met het afwerken van de plinten, terwijl ik de laatste hand had gelegd aan mijn eigen kamer. Ik had hem kritisch laten kijken naar mijn administratiesysteem. En ik had dankbaar gebruikgemaakt van zijn plattelandsconnecties, waardoor ik mijn gasten straks een kakelvers en uitgebreid ontbijt kan serveren.

De afgelopen dagen slaap ik slecht. Al is het niet alleen de naderende opening van de B&B die me 's nachts bezighoudt. Om de een of andere reden krijg ik Jop maar niet uit mijn hoofd na die bewuste nieuwjaarsnacht. Waarom had ik zijn avances niet willen beantwoorden? In feite zou hij de perfecte schoonzoon kunnen zijn, vader misschien zelfs wel, en ik moet toegeven dat we goed op weg zijn een duurzame band met elkaar op te bouwen. Bovendien: het feit dat hij geen enkele move meer had gemaakt nadat ik hem een behoorlijk blauwtje had laten lopen, had hem ergens juist nog interessanter gemaakt. *Moet ik hem dan toch opnieuw een kans geven?*

Vier weken later dan gepland, is het op vrijdag 2 februari eindelijk zover: na maanden van voorbereiding open ik vandaag, op mijn eenendertigste verjaardag, mijn eigen B&B!

Dat mijn vader deze bijzondere dag tóch kan bijwonen, maakt de opening nu al meer dan geslaagd. De afgelopen weken had hij zich nog steeds behoorlijk moe en lusteloos gevoeld. Ook was hij een keer uit het niets flauwgevallen, waarop de dokter hem had geadviseerd extra rust te pakken. Gelukkig had hij zich net op tijd weer fit genoeg gevoeld om de trein naar Zeeland te pakken. Naar eigen zeggen dan, want helemaal geloven deed ik het nog niet, al voelde het fijn hem eindelijk weer dicht bij me te hebben. De eerste gasten komen pas maandag, zodat we komende weekend kunnen gebruiken voor wat quality time samen.

Naast mijn vader verwelkom ik aan het eind van de middag ook Milou en Bart, Jop, Jan en Maike, twee oud-collega's van De Akker en Gera, mijn alleenstaande buurvrouw van twee deuren verder.

De boze buurman had ik voor de beleefdheid wel uitgenodigd, maar verwacht ik vandaag niet. Hetzelfde geldt voor Charlot en mijn moeder.

Terwijl mijn vader na de voor hem toch wel intense reis nog een powernap doet, rij ik nog snel naar het dorp verderop voor wat laatste boodschappen. Eenmaal in de Hema struin ik diverse gangpaden door, maar vooralsnog zonder resultaat. Verderop vult een jong meisje het rek met wenskaarten aan. Ik loop eropaf.

'Sorry! Weet jij misschien waar...'

Dan trilt mijn zak één keer. Eigenlijk heb ik te veel haast om alle verjaardagsberichten te lezen, maar elke keer dat mijn telefoon afgaat, ben ik toch bang dat er iets met mijn vader is. Ik kijk op mijn scherm. Geen pap.

Hé Saar, het is al even geleden maar... succes met de opening! O enne, van harte natuurlijk. :) P.S. Hoop dat alles goed met je gaat. Cheers, Maart

Van schrik laat ik mijn telefoon op de grond kletteren. Snel raap ik hem weer op en check ik het scherm. Gelukkig, dat is nog heel.

'Mevrouw? Gaat het wel?'

Het Hema-meisje kijkt me bezorgd aan.

'Moet ik iemand...'

'Nee, ik ben oké, dankjewel,' zeg ik dan, terwijl ik

niet weet hoe snel ik de winkel uit moet komen. *Frisse lucht. Nu.*

Eenmaal buiten vlucht ik de hoek om, waar ik met mijn rug tegen de muur op de grond ga zitten, in een poging mijn hartslag weer omlaag te krijgen. Ik staar voor me uit en dan weer naar mijn telefoon, die een zwart scherm toont. Maarten is de laatste van wie ik vandaag — of ooit nog eigenlijk — een bericht had verwacht. Eerlijk gezegd weet ik op dit moment ook niet zo goed wat ik ervan moet denken. Sinds we uit elkaar zijn, hebben we geen contact meer gehad. Een bewuste keuze, op mijn initiatief, om me zo voor honderd procent te kunnen focussen op mijn nieuwe leven in het Zeeuwse.

En nu, nét op het moment dat ik misschien, heel misschien voor het eerst weer een voorzichtige poging wil doen de liefde toe te laten, laat mijn ex opeens weer van zich horen. Ik merk dat ik gefrustreerd raak. Snapt hij niet dat ik niet alleen maar driehonderd kilometer verderop ben gaan wonen omdat de huizenprijs per vierkante meter hier lager is en de lucht schoner? En hoe wist hij eigenlijk van de opening? Van Bart? Of volgt hij onder een pseudoniem de Facebook-pagina van de B&B? Ik kan me een volgverzoek niet herinneren.

Ik ontgrendel mijn telefoon en lees het bericht nogmaals.

O enne, van harte natuurlijk. :)

Ergens ook wel weer lief dat hij nog aan mijn verjaardag denkt. *Lief? Ik wil hem even helemaal niet lief vinden!* Ik gooi een kiezelsteen richting de eerste de beste lantaarnpaal, waarop een voorbijlopende puber me onderzoekend aankijkt. Dan zie ik op de authentieke dorpsklok voor me dat het inmiddels al tegen drieën loopt.

Moet ik me nog haasten ook door die eikel.

Ik berg mijn telefoon weer op in mijn zak en neem me voor Maarten pas vanavond in bed een bericht terug te sturen, voordat ik nu uit emotie ga reageren. Die beslissing maakt me trots op mezelf. Ik ben niet alleen een jaar ouder, maar ook een jaar wijzer geworden. Bovendien is er vandaag iemand anders die mijn aandacht verdient.

De opening werd een groot succes en ook mijn zelfgemaakte verjaardagstaart — een voorproefje voor het appelgebak dat ik mijn klanten wil serveren — was gelukkig goed in de smaak gevallen. Al was dat niet het enige waar ik vandaag nieuwsgierig naar was geweest.

Als Jop en ik aan het eind van de avond, wanneer alle gasten naar huis zijn, samen in de keuken de afwas staan te doen, besluit ik ervoor te gaan.

'Je boeket staat echt prachtig, Jop. En dat je

zelfs aan pioenrozen hebt gedacht! Zijn dat geen zomerbloemen?'

Jops ogen lichten op van trots. 'Ik heb zo mijn adresjes.'

Dan leg ik mijn afwasborstel neer en kijk ik naar hem. 'Ik eh,' stamel ik, terwijl ik plots toch wat zenuwachtig word. Ik wrijf over mijn bovenarmen in de hoop er weer iets rustiger van te worden. Tevergeefs.

Ook Jop onderbreekt nu de afwas. 'Heb je het koud? Ik kan anders wel...' Hij wijst naar zijn vest, dat achter hem in de vensterbank ligt.

'Nee... nee, dat is het niet. Luister, ik waardeer écht wat je voor me doet.' Dan doe ik voorzichtig twee stappen zijn kant op, wat de verwarring bij Jop alleen maar groter lijkt te maken. *Oké Saar, doorpakken nu.*

'Eh ja, weet ik toch? Ik doe het echt met li...'

Maar nog voor hij zijn zin kan afmaken, hebben mijn lippen de zijne al gevonden.

Een kleine drie kwartier later laat ik Jop uit. Als ik door de gang terug naar de eetzaal loop, hoor ik mijn vader, die rond negen uur vanavond al aftaaide, boven snurken. *Arme pap, hij moet kapot zijn geweest na zo'n lange dag.* Gelukkig is er ook boven een toilet, zodat hij niet midden in de nacht de steile trap af hoeft. Dat had ik niet gewild voor mijn gasten, maar ik zie het al helemaal niet zitten mijn bloedeigen vader in het holst van de nacht naar de Eerste Hulp te brengen. Eenmaal in bed scroll ik nog vlug door de nieuw binnengekomen verjaardagswensen heen. *Ik beantwoord ze morgen wel,* denk ik.

Op één bericht na.

De rest van de dag had ik aan Maarten gedacht. Zelfs toen mijn tong Jops gehemelte aan een grondige inspectie onderwierp, was het mijn ex geweest die de aandacht van mijn hoofd had opgeëist. Nu, ruim negen uur later, heb ik lang genoeg hard to get gespeeld. Ik schop onder de dekens mijn sokken uit, neem een comfortabele houding aan en lees dan voor de zoveelste keer het bericht van Maarten. Nu nog een sterke reactie formuleren.

Hee hoi, dank je! Wat lief dat je het vraagt! De opening was meer dan geslaagd. Mijn vader was er oo...

Ik wis het bericht weer. Veel te lang. Hoe wanhopig wil je overkomen? Het laatste wat ik wil is dat hij denkt dat ik al maanden op een teken van leven van zijn kant zit te wachten.

Hee hoi, dank je! Ja, gaat goed. En met jou?

Nee Saar, geen wedervraag stellen, corrigeer ik mezelf. *Zo maak je het jezelf alleen maar moeilijker.* Ook deze reactie verwijder ik weer in zijn geheel.

Negentien minuten wikken, wegen, wissen en worstelen later stuur ik een afgemeten *Thanks! Hoop daar ook!* terug, waarna ik mijn telefoon aan de lader op mijn nachtkastje leg en uiteindelijk — na anderhalf uur plafonddienst — toch nog in slaap val.

In het weekend dat volgt halen mijn vader en ik alles uit de tijd die we samen hebben. We huren twee fietsen (een e-bike voor hem en een gewone voor mij). Gaan naar de nieuwste James Bond (geen aanrader). Spelen Zeeslag (hij wint). En we praten. En praten. En praten. Over De Oase. Over Jop. En over Maarten — van wie ik na mijn reactie op zijn appje niks meer gehoord heb.

'Meisje, dankjewel. Ik heb genoten,' zegt mijn vader als ik hem die zondagmiddag weer afzet bij het station. Het moment waar ik al sinds hij voet op Zeeuwse bodem had gezet, als een berg tegenop zag. De ijzige kou die in mijn gezicht snijdt en me eraan herinnert dat ik nog steeds geen degelijke winterjas gekocht heb, maakt het er niet beter op. Aan mijn vaders neus hangt een druppel. Ik wijs ernaar, waarop hij een katoenen zakdoek uit zijn jas haalt.

'Het moet gezegd, je hebt het waanzinnig gedaan, Toet.' Hij stopt even om zijn neus te snuiten en vervolgt dan: 'Trotser kun je een vader niet maken.'

Ik raak enigszins van slag door de openheid waarmee hij plotseling zijn gevoel uit en ik probeer mijn opspelende emoties wanhopig weg te slikken.

Saar, thuis janken. Niet hier.

'Lief, pap.'

'Ik meen het. Het is bewonderenswaardig hoe jij jezelf weer terug hebt gevonden na zo'n rotjaar. En dat je dan ook nog eens een prachtig hotel…'

'B&B, pap.'

'... prachtige *biejenbie* hebt gerealiseerd met wat hulp… petje af, hoor.' Mijn vader neemt een denkbeeldige pet van zijn hoofd.

Ik glimlach. 'Blij dat je erbij was, pap.'

Een paar momenten zijn we stil totdat de monotone NS-stem, die ons vertelt dat de trein naar Amsterdam Amstel over vijf minuten vertrekt, ons zwijgen ruw verstoort. Dan geef ik mijn vader de dikste knuffel die ik hem ooit heb gegeven.

Hij ruikt nog steeds naar vroeger.

'Nou, ga lekker naar huis, meid,' zegt hij dan, terwijl we elkaar weer loslaten. 'Je zult wel kapot zijn.'

Nu hij over mijn vermoeide indruk begint, valt me pas op hoe slecht mijn vader er zelf uitziet. De donkere kringen onder zijn ogen zijn niet te missen. Die kunnen onmogelijk alleen van dit intense weekend zijn. Als ik niet beter zou weten had ik hem dik in de tachtig geschat.

'Hé, pap?' Ik knijp mijn ogen tot spleetjes.

'Ja, meisje?'

'Hoe voel jíj́ je eigenlijk? Écht, bedoel ik.'

'Best hoor, kind.'

'Eerlijk?'

'Ja, heus.'

Hij liegt dat hij barst. Ik ken mijn vader na eenendertig jaar goed genoeg om te weten dat hij zich op dit moment rooskleuriger voordoet dan hij zich daadwerkelijk voelt.

Als ik mijn vader uitzwaai terwijl hij de trein instapt, vloeien de tranen rijkelijk. Bij allebei. Hoewel onze gesprekken soms beladen waren, ben ik dankbaar voor het feit dat we dit weekend eindelijk weer uitgebreid hebben kunnen bijpraten. Ik zou niet weten wat ik zonder hem zou moeten.

Dan klinkt het welbekende fluitsignaal en vertrekt de intercity richting het westen. *Dag pap*, denk ik, *ik zie je snel.*

Ik baal van mezelf als ik die nacht opnieuw de slaap niet kan vatten. Morgen komen de eerste gasten. Dan moet ik wel scherp en uitgeslapen zijn, maar naarmate de uren verstrijken, krijg ik daar steeds minder vertrouwen in.

Om de een of andere reden heeft de kus met Jop een bittere nasmaak achtergelaten. Misschien omdat ik voor het eerst in jaren weer de tong van iemand anders had geproefd? Het was in elk geval niet zoals ik het me had voorgesteld. Minder fijn, als ik eerlijk ben. De eerste zoen van Maarten en mij ging voor mijn gevoel veel meer vanzelf. Maar goed, Jop is dan ook geen Maarten. En ik had hem al een keer afgewezen. Geen wonder dat het arme schaap niet wist wat hem overkwam.

Psst, Loulou! Slaap je al? Ik heb je nodig…

Ik werp een blik op mijn wekker. Achttien minuten na middernacht. Niet het meest ideale tijdstip om de hulp van mijn beste vriendin in te schakelen, maar wie niet waagt...

Opnieuw vullen mijn gedachten zich met ons intieme moment in de keuken. Jop is zó anders dan Maarten, überhaupt anders dan waar ik normaal gesproken warm van word. Geen zelfverzekerde ondernemer, maar een bescheiden, zelfs verlegen bouwmarktmedewerker. Geen man die met de dag leeft, maar iemand die juist lekker gaat op structuur en regelmaat. Geen zelfstandige, stoere vent met een rijk sociaal leven, maar een aanhankelijke kerel die het liefst 24/7 met zijn meisje doorbrengt. Maar wat is daar eigenlijk mis mee? Daarbij: Jop heeft eigenschappen waar een ander zó voor zou tekenen. Hij is enorm empathisch, vraagt elke dag hoe het met mijn vader is — en met Milou en Bart, waarmee hij het ook supergoed kan vinden. Jop is ook een echte gentleman — zo eentje die een deur voor je openhoudt en je stoel aanschuift. Een goede prater. Houdt van dezelfde boekengenres (al weet ik niet of ik hem blij zou maken met mijn *Vijftig Tinten Grijs*-trilogie). En hij is natuurlijk goed met zijn handen. Denkend aan de voordelen die dat met zich meebrengt, kom ik voor de zoveelste keer dit weekend terug bij De Kus. Want ondanks dat ik niet zoveel bedpartners heb gehad als de gemiddelde vrouw van mijn leeftijd, ben ik ervaren genoeg om te weten dat de zoenskills van een man iets zeggen over zijn bedprestaties. De conclusie dat Jops tongkwaliteiten niet veel goeds beloven, frustreert me dan ook enorm.

Net als ik langzaamaan indut, voel ik mijn telefoon, die nog steeds op mijn buik rust, hevig trillen. Ik ben meteen weer klaarwakker en open snel mijn WhatsApp. Kom maar door met die wijze woorden, *Doctor Mil!*

Hey, was het nog leuk met je vader? Moet bekennen dat je niet meer uit mijn hoofd bent gegaan na vrijdag. Wat doe je toch met me…? X

Shit. Shit, shit, shit. Ik heb nog niet eens een officiële eerste date met deze jongen gehad of het is al één grote chaos in mijn hoofd. *Het is ingewikkeld,* zou de gemiddelde millennial op Facebook kiezen als relatiestatus. Als het een relatie was geweest, dan. Maar dat is het niet. Nog niet? Aargh, wat moet ik toch met mezelf aan? Volgens mijn vader kun je het in elk geval nooit fout doen als je luistert naar wat je hart je ingeeft. Maar hoe doe ik dat in godsnaam als dat allesbehalve op één lijn ligt met mijn hoofd?

2020

Maart

'Voelen jullie je vooral vrij straks nog wat in te schenken, hoor,' zeg ik tegen een jong stel uit Friesland, al wijzend naar de eikenhouten buffettafel in de hoek van de ruimte, naast de doorgang naar de hal. Erop staan een kan koffie, thee en een karaf verse jus. Het is de derde week van maart en de B&B loopt als een trein. Wat heet: het is de vijfde opeenvolgende week dat ik vol zit. En dan moet het hoogseizoen nog beginnen. Het Friese koppel slaapt in de Strand-kamer. In de Zee-kamer verblijven twee Amsterdamse vriendinnen en de grote Zon-kamer is geboekt door een familie uit Uden. Soms kan ik nog steeds niet geloven dat dit allemaal echt gebeurt. Ik haal zoveel plezier uit het runnen van De Oase dat ik me soms afvraag waarom ik deze stap niet eerder heb gezet. Sinds ik hier ben heb ik nog geen seconde aan De Akker gedacht. Daarbij biedt de B&B een welkome afleiding voor de moeizame relatie met mijn moeder en zus. En ook het feit dat ik nu niet meer dagelijks geconfronteerd word met kinderen, ziekenhuizen en babyshowers, bevalt me meer dan goed.

Vanaf dit weekend wordt mijn verhuizing extra

leuk — en misschien zelfs wel extra definitief. Want na een paar maanden succesvol lobbyen als kersverse ambassadeur van het Zalige Zeeuwse Leven, waar ze zelf meerdere malen van hadden kunnen proeven, gingen ook Milou en Bart overstag. Zaterdag verhuizen ze naar hun instapklare nieuwbouwwoning aan de rand van het dorp, van waaruit Milou als freelancer gaat werken, zodat ze meer bij Sem kan zijn. Bart heeft een nieuwe baan gevonden op nog geen kwartier rijden van hun nieuwe stek. *Nu mijn vader nog hierheen krijgen en dan kan ik de Randstad eindelijk voorgoed achter me laten.*

'Cheers, babe! Zo, hoe zit het nou tussen jou en Jop?' komt Milou meteen ter zake. We zitten aan een bistrotafeltje achterin de Kerseboom. Het is een van de populairste bars van het dorp, maar door alle hectiek rondom de B&B ben ik er nog maar weinig geweest sinds mijn verhuizing. Reden genoeg om er vanavond Milous komst naar Zeeland te vieren, terwijl Bart Sem onder zijn hoede neemt. De kroeg heeft wat weg van Café Royal, met zijn minipodium achterin en een wand vol polaroidfoto's van eerdere geslaagde avonden. In de hoek tussen de bar en de toiletten zijn twee mannen aan het darten.

In afwachting van mijn reactie neemt Milou een slok van haar cocktail. Ze trekt meteen een vies gezicht. 'Gádver, niet te zuipen dit!' roept ze uit met een typisch Milou-volume. Vanuit mijn ooghoek zie ik de barman onze kant op kijken.

'Is het echt zo erg?' Ik neem een slok van de Sex on the Beach, die mij wel goed smaakt. Ik geef haar mijn Mojito.

'Thanks, lifesaver. Ik was bijna dood.'

'Tja, wat zal ik ervan zeggen,' antwoord ik dan, al roerend in mijn drankje.

'Heb je hem nog gesproken?'

'Alleen via een paar korte appjes. Die overigens voornamelijk over de B&B gingen. En van Maarten heb ik ook niks meer gehoord. Het universum zal me wel willen vertellen dat dat in elk geval niet meant to be was.' Er is inmiddels een mini-tornado in mijn glas ontstaan. Net als in mijn hoofd.

'Hm.'

'Om eerlijk te zijn heb ik de boot wat betreft Jop bewust afgehouden de laatste tijd, om mijn gedachten eens goed te kunnen ordenen.'

'En, wat is de conclusie? *Relationship material*?'

Ik zucht eens diep. 'Wist ik het maar. Hij lijkt zó de perfecte schoonzoon, zo lief, attent en noem het maar op. Belangrijker nog: hij zou een fantastische vader voor mijn kinderen zijn. Dat zie ik zo voor me, helemaal. Maar ik had nul gevoel bij die zoen, Mil. Nul.' Ik kijk haar nu recht in haar ogen aan, alsof ik daar het antwoord op al mijn prangende vragen kan vinden.

'Oké, je wil hem dus niet per se bespringen als je hem ziet?'

'Nee,' beken ik, 'maar tegelijkertijd is hij op papier wel een droomman.'

'Holy moly, speaking of droommannen…!' Milous blik is plotseling gericht op de ingang, waar zojuist een nieuwe kroegganger door naar binnen is komen lopen. De man met donker haar en een lok die speels voor zijn ogen hupst, lijkt van onze leeftijd. Met een ferme handdruk groet hij de barman en zwaaiend ook de twee serveersters van dienst. Hij komt hier blijkbaar vaker. Dat verraadt ook de apparatuur die hij bij zich draagt. Als hij zich op het podium installeert, wordt duidelijk dat we hier te maken hebben met de vaste dj van de tent.

Hij is inderdaad niet lelijk, merk ik op. Hij heeft brede schouders, maar is verder niet extreem afgetraind. Ik spot zelfs een minuscuul buikje boven zijn riem. Hij kan het hebben. Vanaf een afstandje volgen Milou en ik al zijn bewegingen.

Ik tik mijn vriendin zacht aan met mijn elleboog. 'Kijk, die wil ik nou wél bespringen,' giechel ik, zo onopvallend mogelijk.

'Ahum. Jop wie?' lacht Milou geniepig met me mee, waarop ze vervolgt: 'Dit kan nog weleens een héle leuke avond worden, chica!'

Een paar uur later zijn de stoelen en tafels aan de

kant geschoven en is de compacte dansvloer in beslag genomen door het lokale uitgaanspubliek. Ook Milou en ik zingen (krijsen) en dansen (hupsen) vol overgave mee op *Wannabe, Hardcore Vibes* en *Bloed, Zweet en Tranen*. Om tien over half twee vinden we het mooi geweest en lopen we met onze jas over onze armen naar buiten. Ik omarm de koude lucht die direct tegen mijn gezicht en blote armen klapt. *Wat een sauna daarbinnen.*

'Vat je geen kou zo?'

Verrast door de vraag kijk ik om me heen. Hij lijkt aan mij gesteld te zijn, aangezien Milou en ik verder de enigen buiten zijn. Op twee Schotten na dan, waarmee mijn vriendin zo te zien meteen druk in gesprek is geraakt. Zelfs in Zeeland komen de mannen op haar af als bijen op een pot honing.

'Hier sta je warmer, hoor,' klinkt dezelfde stem opnieuw, nu duidelijk rechts van me, waar ik een paar meter verderop een gedaante tegen een heater zie leunen. Ik kijk even om. Zo te zien heeft Milou nog geen haast. Logisch. Het is haar eerste échte avond uit sinds de geboorte van Sem, dus wie ben ik om die nu al af te kappen?

Nog enigszins op mijn hoede loop ik in de richting van de man. Opeens zie ik het: het is de dj! Blijkbaar gingen Milou en ik zó op in onze dansmoves, dat we niet eens door hebben gehad dat de laatste nummers slechts pauze-opvullers waren.

‘Hé, moet jij niet achter de draaitafel staan?’ zeg ik als ik voor hem sta. Ik doe intussen mijn jas aan. Nog steeds kan ik door het schemerige licht het gezicht van de dj niet heel goed zien. Al moet dit haast wel een van de knapste kerels van het dorp zijn. Met zijn zwarte leren jas en sigaret in zijn hand, doet hij me een beetje denken aan Danny Zuko uit *Grease*.

‘Hallo, mag een dj niet even een break houden, spuitelf?’ lacht hij.

Dan valt het kwartje. Van schrik sla ik mijn hand voor mijn mond, die ik — uit angst mezelf voor schut te zetten — ook weer snel naar beneden trek. *Die ogen. Die ken ik!*

‘Alexander,’ zegt hij dan, terwijl hij zijn sigaret uitdrukt in een zilveren asbak. Dan draait hij zich weer naar me om en steekt zijn hand naar me uit. Wat was dat ook alweer met mannen met grote handen? ‘Maar zeg jij maar Alex, hoor.’

‘Sarah, aangenaam,’ probeer ik zo zelfverzekerd mogelijk te antwoorden.

Hij knikt en neemt me met zijn armen over elkaar schaamteloos van top tot teen op. Dan wijst hij naar mijn outfit. ‘Leuke rok. Staat je goed, dat leer.’ Volgens mij heeft er nog nooit iemand zo indringend naar me gekeken. Ik merk dat ik slap word in mijn benen. ‘Zo, lekker een avondje uit met je vriendin?’

Shit, Milou. Ik ben zo betoverd dat ik haar bijna zou vergeten. Ik draai me om. Het lijkt erop dat zij en haar fans voorlopig niet uitgepraat zijn. Dan richt ik me weer tot Alex. 'Ja, en jij? Draai je hier vaker?'

Alex lacht. 'Op die openingszinnen mag je nog wel wat oefenen.' Ik voel mijn jukbenen gloeien. Gelukkig is het donker. 'Maar inderdaad, in principe ieder weekend.' Vanuit het niets begint het dan opeens te hozen. Alex trekt me mee onder de luifel, waardoor we plotseling iets dichter tegen elkaar aan komen te staan. Mijn hartslag heeft inmiddels een hoogtepunt bereikt. Alex is minstens anderhalve kop groter dan ik, merk ik nu pas. Door het beslagen raam van de Kerseboom heen zie ik dat Milou de Schotten inmiddels heeft ingeruild voor de jongen van de garderobe.

'Gaaf. Is dit dan je vaste baan, zeg maar?' vraag ik dan. 'Of hoe moet ik dat zien?' Ik durf hem bijna niet aan te kijken, uit angst voor nog meer gênante uitspraken. 'Woon je hier ook in de buurt eigenlijk?'

'Zeg, wat heb jij een hoop vragen op dit tijdstip!' Speels geeft Alex, wiens bruine ogen inmiddels glinsteren, me een por in mijn zij. *God sta me bij.*

'Ja, sorry,' lach ik zenuwachtig, terwijl ik mijn rok glad strijk en mijn hoofd mijn bewegingen volgen. 'Ik ben gewoon nieuwsgierig aangelegd, denk ik.' Ik doe al niet eens meer moeite te verbergen dat ik behoorlijk onder de indruk van de dj ben. Binnen wordt gejoeld als *Gasolina* van Daddy Yankee wordt ingezet.

'Weet je wat?' Alex grijpt naar zijn portemonnee in de achterzak van zijn broek en haalt er een visitekaartje uit. 'Dit is het laatste nummer van het bandje, dus ik moet weer richting de draaitafel voor de volgende set, maar app me een dezer dagen even.' Alex komt voor me staan en houdt het visitekaartje uitdagend tussen twee vingers voor mijn neus. 'Dan heb ik wat meer tijd voor je interview.' Hij grinnikt en ik pak het kaartje van hem aan.

'Ja, tuurlijk. Doe ik.'

'Leuk je te leren kennen, Sarah.'

'Van hetzelfde,' roep ik Alex nog na, voor hij weer naar binnen verdwijnt.

Niet veel later fiets ik met mijn hoofd in de wolken en de zoete mannengeur van Danny Zuko nog in mijn neus naar huis. Vurig hoop ik de volgende keer niet alleen maar telefoonnummers, maar ook op z'n minst wat speeksel uit te wisselen met deze goddelijke plaatjesdraaier.

2020

Mei

Ik reserveer mijn eerstvolgende vrije vrijdagavond voor Alex, ruim een maand na onze ontmoeting. Helaas laten onze volle agenda's het niet eerder toe om af te spreken. En eigenlijk komt het me wel goed uit, want die avond vieren Maike en Jan hun twaalfeneenhalfjarig huwelijksjubileum. Een mooi excuus om, mócht de date tegen al mijn verwachtingen in toch tegenvallen, weer bijtijds naar huis te gaan.

Tot we elkaar weer in het echt zien, appen we zo goed als de hele dag door. In de weekenden zelfs weleens midden in de nacht, als Alex klaar is met werken (of ik niet kan slapen omdat ik non-stop aan hem moet denken — maar dat hou ik voor mezelf). De gesprekken zijn weinig inhoudelijk, maar nagenoeg alleen maar gebaseerd op lust. En eigenlijk ben ik daar wel een beetje aan toe. Dat Jop op dit moment weinig van zich laat horen, komt me stiekem wel goed uit. Nu kan ik me in elk geval volledig geven aan Alex. Ik heb me in tijden niet zo begeerd gevoeld.

Hoewel Milou die bewuste avond voor de Kerseboom weinig van de interactie tussen Alex en mij heeft meegekregen, is ze misschien nog wel meer opgewonden over mijn aankomende afspraakje met De Deejay dan ik. Zo'n beroep straalt toch een bepaalde status uit, zo zijn we allebei van mening. Het maakt dat ik me nóg meer vereerd voel dat deze man zijn vrije avond met mij wil doorbrengen. Ik kan niet wachten. Niet alleen om hopelijk eindelijk een antwoord te krijgen op de vraag hoe Alex' volle lippen zouden proeven, maar ook speelt er nog een ander vraagstuk. Een vraagstuk dat, naarmate het appcontact tussen ons intensiveerde, voor mij steeds zwaarder is gaan wegen.

Jij was het wachten zó waard, concludeer ik als ik op die bewuste vrijdagmiddag het strand op loop richting Dok36 en Alex in de verte al voor het paviljoen zie staan. Een paar minuten eerder had ik mijn auto op de boulevard geparkeerd. Het toeristenseizoen is net weer gestart, waardoor ik een van de laatste plekken had weten te bemachtigen.

'Dag dame, hoe is het?' vraagt Alex als ik voor hem sta, waarna hij me drie zoenen op mijn wang geeft.

Mijn hemel, in het daglicht is hij zo mogelijk nog onweerstaanbaarder.

'Goed, met jou?' antwoord ik quasinonchalant, waarna hij naar de ingang wijst. 'Mooi. Zullen we naar binnen?'

Onder het genot van een fris lentebiertje en een

zenuwen temmende Aperol Spritz kom ik die middag meer over Alex te weten. Ook omdat ik me deze keer (met moeite, dat wel) niet te veel laat afleiden door zijn opwindende verschijning. Vandaag draagt hij een witte blouse, waar een paar krullende borstharen uit steken en waarvan hij de mouwen heeft opgerold tot aan zijn ellebogen. De pijpen van zijn casual jeans heeft hij tot zijn enkels opgevouwen, waardoor zijn witte Tommy Hilfiger-sneakers extra opvallen. Ik voel me wat overdressed in mijn rood met wit gebloemde wikkeljurk.

Alex is net dertig geworden ('Joh, voel je niks van', zou Milou zeggen) en een geboren en getogen Zeeuw — al verraadt zijn accent dat niet. Hij woont in een penthouse aan het strand (vink), studeerde op een blauwe maandag nog rechten (mijn moeder zou trots zijn), maar kwam er al snel achter dat hij meer met zijn handen wilde doen (ik hoor Milou al 'oehoeh!' roepen). Sindsdien werkt hij fulltime als aannemer en klust hij in het weekend bij als dj.

'Hé, ik moet het toch vragen…' begin ik dan vertwijfeld, als Alex is teruggekomen van het toilet. Het had mij mooi de kans gegeven mijn lippenstift nog eens bij te werken.

Ik neem een grote slok Aperol om mezelf vast voor te bereiden op de naderende klap in het gezicht. Aan de rand van mijn glas blijft een rode afdruk plakken. 'Wie eh… waren eigenlijk die vrouwen waar je tijdens oud en nieuw mee over straat liep?'

Hij denkt even na. 'Oooh, Margot en Jess?' herinnert hij zich dan. 'No worries, joh, dat zijn gewoon vriendinnen van me.'

Ik ben geloof ik niet meteen gerustgesteld. Dan voel ik hoe hij onder de tafel zijn hand op mijn dij legt. Meteen begint mijn hele lichaam te gloeien.

'Geen bedreiging, hoor, schoonheid,' gaat Alex verder, terwijl hij naar voren leunt, mijn handen pakt — *mijn god, kan iemand me knijpen?* — en me zo ongeveer opslokt met zijn heldere, lichtbruine ogen. 'Die zijn zo lesbisch als wat.'

Als onze drankjes op zijn, vraagt Alex tot mijn verbazing de rekening al.

'Kom, we gaan een stukje lopen,' zegt hij zodra we weer buiten staan. Hij pakt opnieuw mijn hand en neemt me mee richting een strandtent verderop. Dan, als we aan de achterkant van het gebouw staan tussen de duinen en twee grote stalen afvalcontainers, uit het zicht van de andere strandgangers en het paviljoenpersoneel, kunnen we ons niet langer inhouden. In de minuten die volgen zitten onze handen en tongen op plekken waarvan ik niet eens wist dat ze tot mijn erogene zones behoorden.

Het is een plotseling oprukkende zandstorm die het opwindende moment waar ik al die tijd zo naar verlangd had, abrupt tot een eind brengt.

De korrels zitten o-ver-al. Net als mijn lippenstift, trouwens.

'Shit!' roep ik paniekerig, terwijl ik zoveel mogelijk zand van mijn kleding afklop. Een andere lading valt uit mijn haar als ik voorovergebogen door mijn lokken woel. Met een zwaai kom ik weer overeind. 'Zo kan ik toch niet bij Maike en Jan aankomen?'

'Relax, babe,' stelt Alex me dan gerust, terwijl ook hij zichzelf vluchtig fatsoeneert. 'Je kunt bij mij wel douchen. Rij je achter me aan?'

Hoewel we allebei weten dat ik net zo goed onder mijn eigen douche had kunnen springen, is de verleiding te groot om te weerstaan. Onderweg naar Alex' huis kan ik alleen nog maar denken aan wat ik allemaal met deze god zou willen doen en heb ik de grootste moeite mijn hoofd bij de weg te houden. Gelukkig is het maar een paar minuten rijden.

Alex' penthouse is er een zoals je die in films ziet. Enorm, spierwit, minimalistisch ingericht en met een uitzicht waar je 'u' tegen zegt. In het midden van het witte vlak waar je bij binnenkomst tegenaan kijkt — het enige stuk muur tussen alle joekels van ramen — staat op een zuil een marmeren beeld van iets wat vermoedelijk een naakte vrouw moet voorstellen. Ik weet weinig van moderne kunst, maar kan wel zien dat Alex smaak heeft. Nog amper bijgekomen van wat mijn ogen zojuist hebben waargenomen, wijst Alex me na een korte tour de badkamer in de hal aan, die zich direct bij binnenkomst links bevindt. In de ruimte kijk ik opnieuw mijn ogen uit. *Dit is geen badkamer, maar een balzaal!* Het donkergrijze, massief stenen bad dat pontificaal in het midden van de kamer staat, is duidelijk als eyecatcher bedoeld.

Nog geen tien minuten later stap ik onder Alex' belachelijk luxe regendouche. Er passen met gemak vier personen onder. Naarmate ik langer onder de aangenaam warme straal sta, merk ik dat mijn lichaam langzaam ontspant en de hectiek van de afgelopen maanden eindelijk van me af begint te vallen. Ik pak de douchecrème met amandelmelk uit het nisje in de zwart betegelde muur en sta verder niet te lang stil bij de vraag wat een man in vredesnaam met zo'n vrouwelijk verzorgingsproduct moet.

Waar het vandaan komt weet ik niet, maar plotseling moet ik aan Jop denken. Alex is in feite het compleet tegenovergestelde van hem. Milou omschreef de dj al als 'Woest Aantrekkelijke Maar Überfoute Man' — ik noem het liever 'zelfverzekerd'. Hoe dan ook: Jop is het in elk geval niet. Maar moet ik hem dan niet júíst om die reden een kans geven? Dan dwalen mijn gedachten ineens ook af naar Maarten. Eerlijk gezegd is het niets voor hem om mij te negeren, zeker niet nadat hij zelf weer contact had gezocht. Of zou er iets anders spelen? *Zou hij nu al iemand an… Nee toch?*

Dan, voor ik mezelf helemaal gek kan maken, staat

Alex plotseling in de deuropening van de badkamer. Naakt.

'Dag schoonheid. Mag ik erbij komen?'

Nog voor ik kan antwoorden, is de dj — die ook (of eigenlijk: zéker) zonder kleren een lust voor het oog is — al bij mij in de douchecabine gestapt. Voor de zoveelste keer verdwaal ik in zijn ogen. En voor de eerste keer verdwaalt hij in mij.

Als ik me later die avond thuis nog snel opfris voor het feest, voel ik mijn lijf nog nabranden van de geleverde inspanning. Maar in tegenstelling tot wat ik had verwacht, hadden de afgelopen uren een dubbel gevoel bij me achtergelaten.

Nadat Alex en ik in de douche (en later nog in het bad, dat er blijkbaar niet alléén voor de show had gestaan) nader tot elkaar waren gekomen, had ik me aangekleed en hadden we, compleet tegen mijn zin in, met een lange, intense zoen afscheid van elkaar genomen. Eenmaal terug in mijn auto om de hoek bij Alex' huis, was ik al snel weer in het hier en nu beland. In plaats van nagenietend van het gevoel dat ik lange tijd gemist had, was ik compleet in de war naar huis gereden door een appje dat ik las toen ik op de bestuurdersstoel had plaatsgenomen. Een berichtje van slechts drie woorden.

Ik mis je.

Eenmaal in bed neem ik een besluit. Zeker, alles met Alex had goed gevoeld. Helemaal de seks, die niet gepland was, maar al mijn verwachtingen had overtroffen. En toch… toch was er iemand anders die mijn hoofd sinds vanavond weer domineerde. En die een tweede kans — in mijn optiek — misschien wel meer dan verdiende.

2020

Juni

Het hoogseizoen moet nog starten, maar ik ben nu al gesloopt. Zowel fysiek als mentaal. Dat merk ik ook als Milou en ik op een van onze schaarse vrije middagen in de groothandel lopen en de spierpijn in mijn benen zijn hoogtepunt bereikt. Sinds een maand helpt Milou parttime mee in de B&B. Ik weet nu al niet meer hoe ik het ooit allemaal alleen heb kunnen bolwerken.

'Helemaal níks?' vraagt Milou terwijl ze haar ogen over een vak met specerijen laat gaan. Ze pakt er uiteindelijk een potje tijm en een molen met Himalaya-zout uit.

'Noppes, nada, niente.'

We lopen verder in de richting van de roltrap naar de eerste verdieping. Als ik vervolgens drie zakken chips en vier bakjes met olijven en knoflook in mijn winkelwagen leg, kijkt Milou me aan alsof ik van Mars kom. 'Zijn die voor jou of voor de gasten?'

'Voor mij, hoezo?'

Ze rolt met haar ogen.

'Hé! Kijk uit, eikel!' roep ik dan als een man ons eenmaal op de roltrap plotseling voorbijsnelt en mij daarbij bijna over de leuning duwt.

Milou lijkt meer te schrikken van mijn reactie dan van de asociale inhaalactie. 'Hij is je niet waard, Saar,' gaat ze verder als we boven zijn. 'De aantrekkingskracht is dan misschien nog zo groot, deze kerel is overduidelijk voller van zichzelf dan van jou. Jij verdient beter.'

'Ik weet het.'

Dan besluiten we een korte pauze in te lassen. Na twee slokken van mijn cappuccino voel ik me plotseling beroerd worden en lukt het me op het nippertje de toiletten te bereiken.

Als het overgeven is gestopt, kijkt Milou me vanuit de deuropening van de wc kritisch aan.

'Denk jij een beetje aan jezelf, chick?'

'Jawel,' antwoord ik, terwijl ik snel een kauwgompje in mijn mond stop. Bij het ruiken van mijn eigen adem word ik opnieuw kotsmisselijk, maar deze keer weet ik de koffie op tijd weg te slikken. 'Het is gewoon allemaal wat veel de laatste tijd.'

Milou knikt.

'Ik bedoel, de B&B, en dan al die mannen…' Ik pauzeer even en sla mijn ogen neer. Dan richt ik mijn hoofd weer op. 'Jop appte me toen ik net bij Alex vandaan kwam.'

'O?' reageert Milou verrast. 'En dat vertel je me nu pas?'

'Ik wilde eerst zelf uitzoeken wat ik ervan vond.'

'Wat stuurde hij dan?'

'Dat hij me miste.'

'Ach, de lieverd...' Ze trekt een pruillip.

'Ja, enorm dapper en kwetsbaar van hem. Ik eh... geloof dat ik me op dat moment pas realiseerde hoeveel hij voor mij betekent. We hebben na het feest van Maike en Jan nog tot half twee 's nachts gebeld.'

'Wat fijn!'

'Ja, zó fijn dat ik nu helemaal niet meer weet wat ik met mezelf aan moet.' Ik sla mijn beide handen tegen mijn gezicht en mijn hoofd achterover. 'Aargh... ik weet het allemaal gewoon niet, Mil. Moet zeggen dat de gezondheid van mijn vader me op dit moment ook niet bepaald lekker zit.' Ik reik haar mijn kauwgom aan. 'Wil je?'

'Nee, thanks.' Milou schudt haar hoofd. Dan kijkt ze me een paar seconden ernstig aan en vervolgt dan: 'Ik denk dat het goed is als jij weer even je rust pakt.'

Twee dagen later heb ik het advies van Milou opgevolgd en word ik pas om iets over tienen in de ochtend wakker, terwijl ik de B&B aan de andere kant van het pand op volle toeren hoor draaien. Bestek tikt fanatiek op het servies en ik hoor een paar gasten hard om elkaar lachen. In de keuken is Deborah, het nichtje van Jan, blijkbaar druk in de weer met de Nespresso-machine. Ze springt sinds kort bij, maar heeft zichzelf nu al onmisbaar gemaakt. Alleen al het beddengoed heeft er nog nooit zo strak bij gelegen.

Op mijn salontafel pronkt een bosje paarse en roze tulpen met daaraan een kaartje met beterschapswensen van Jop, dat hij gisteren bij Milou had afgegeven. Hij had mij niet willen lastigvallen. Als er een award zou bestaan voor De Meest Attente Man Van De Planeet, dan zou Jop hem zeker winnen. Net als de prijs voor De Man Met Het Meeste Geduld Ter Wereld. Ik ben nog steeds van plan de draad weer met hem op te pakken, maar dat wil ik wel doen op het moment dat ik me weer honderd procent mezelf voel. En voorlopig ben ik nog niet de oude. Sterker nog: ik voel me momenteel beroerder dan ooit.

Net als ik mijn mobiel wil pakken om stiekem toch snel door mijn mail te gaan, wordt er op de deur van mijn kamer geklopt. Snel schuif ik mijn telefoon onder mijn kussen. Het is Milou, met in haar ene hand een bakje met fruit en in haar andere een cappuccino.

Ik kijk haar dankbaar aan als ze het neerzet op mijn nachtkastje en op de rand van mijn bed komt zitten.

'Aah, poepie toch,' zegt ze terwijl ze me met een pruillip opneemt en liefdevol over mijn arm wrijft.

'Alles onder controle daar?' vraag ik.

Ze knikt. 'Hoe voel je je?'

'Nog steeds doodop. Lief trouwens.' Ik wijs naar de emmer naast mijn bed die Milou gisteravond, nadat ik al lang en breed had ingecheckt in Dromenland, blijkbaar nog had neergezet.

'Heb je vannacht nog overgegeven?'

'Nee, maar mijn maag voelt nog steeds alsof ik hem in de centrifuge heb gegooid. Als je het niet erg vindt, sla ik toch ook die koffie deze keer over.'

'Maar,' roept Milou uit, 'je bent gek op cappuccino!'

'Vandaag even niet.'

'Nee, dat dacht ik wel,' zegt ze, waarop ik haar niet-begrijpend aankijk.

Dan graait mijn vriendin in de achterzak van haar spijkerbroek. Ik kijk verbaasd naar het voorwerp in haar hand.

'Milou, ik ben niet zwanger.'

'Testen kan geen kwaad.'

'Milou,' zeg ik nogmaals, dit keer met een narrige ondertoon, 'ik ben zo goed als onvruchtbaar zonder hulpmiddelen. En alweer maanden niet ongesteld geweest. Dat weet je toch?'

'Had-ie een condoom om, onder de douche?' vraagt ze, mijn argumenten compleet negerend.

'Nee, maar...'

'Nou, dan. Luister vriendin, je hoeft mij niks over die symptomen te vertellen. Misselijkheid, oververmoeidheid en die horrorhormonen die de overhand nemen...'

'Horrorhormonen? Waar héb je het over?' roep ik bijna beledigd uit, waarna ik direct mijn stem weer demp in de hoop dat onze gasten mijn uitbarsting niet hebben meegekregen. Ik merk dat ik nerveus word van Milou en ga rechtop in bed zitten.

'Kijk, dit dus,' spreekt Milou me dan streng toe, terwijl ze naar me wijst. 'Ik bedoel het niet rot, Saar, maar je hebt de laatste tijd een behoorlijk kort lontje.'

Ik geloof mijn oren niet. 'Maar ik heb niet eens een eisprong! Hoe zou ik dan in godsnaam…'

Milou laat me niet uitpraten en loopt de keuken weer in. Ze komt terug met een plastic beker en overhandigt hem mij.

'Eén plasje. Doe het voor mij.'

Ik rol met mijn ogen en pak dan de beker zuchtend van haar aan. 'Jij je zin. Doe jij de tussendeur naar de eetzaal dicht? Ik denk niet dat iemand blij wordt van dit appetijtelijke beeld tijdens het ontbijt.' Ik wijs naar mezelf in mijn witte *Born to sleep*-shirt en paarse pyjamabroek met stippen.

'Doe ik.'

Zodra Milou me een 'go' geeft loop ik mokkend naar de badkamer. Als ik op het toilet zit en de beker onder de warme gele straal houd, merk ik toch dat ik enigszins nerveus word. *Het zal toch niet? Nee, doe normaal, Saar,* praat ik mezelf moed in. *Het is je na twee jaar alles op alles zetten mét hulpmiddelen al niet gelukt in verwachting te raken. Denk je nou echt dat één avontuurtje wel zijn vruchten afwerpt?*

Dan wordt er op de deur geklopt. 'Klaar?' vraagt Milou.

'Ja,' mompel ik. 'Kom maar binnen.'

'O top. Hé Deb, geef me twee minuten,' hoor ik haar

roepen.

Ik laat Milou erin, die achter zich de deur weer op slot draait. Meteen pakt ze de test uit mijn handen en legt ze hem omgedraaid op de rand van de wasbak. Ik gooi intussen het plastic bekertje weg. Samen gaan we op de rand van het bad zitten.

'Zo. And now we wait…' fluistert ze.

'Ja. Hoelang duurt het eigenlijk bij deze?' Ook ik heb mijn stem gedempt, om te voorkomen dat Deborah of de gasten ook maar iets van ons gesprek meekrijgen. Ik kijk Milou vragend aan.

'Staat dat niet in de handleiding?'

'Jíj hebt de test uit de verpakking gehaald,' sis ik.

'Ik googel wel even.' Milou pakt haar telefoon uit haar achterzak. Intussen tel ik het aantal tegels op de muur voor me. Ik kom grof geschat uit op zesenveertig. 'Twee tot drie minuten.'

'Dan doen we drie, oké?'

'Is goed.'

Doodse stilte. Terwijl Milou de secondewijzer van haar horloge nauwlettend in de gaten houdt, pak ik opnieuw mijn eigen telefoon erbij, deze keer ter afleiding. Ik open Facebook en zie wat foto's voorbijkomen van een oud-studiegenootje. Een collega deelt de zoveelste winactie. Een ander is getagd in een post over vegan brownies. Ik scroll verder door mijn tijdlijn en klik op een artikel van RTL Nieuws over de steeds populairder wordende vakanties in eigen land.

Ik open het en begin te lezen.

'Kijk,' ik por Milou in haar zij terwijl ik verder lees, 'hier zeggen ze...'

'Tijd is om!'

Ik schrik op en sla meteen Milou op haar been. 'Sst!'

'Ja, sorry,' hijgt ze bijna.

'Fuck.' Ik leg een hand op mijn borst. Mijn hart slaat een slag over, al weet ik bijna honderd procent zeker dat de uitslag negatief is. Opeens denk ik aan Maarten. Ik word nog misselijker dan ik al was bij de gedachte dat ik hem zou moeten vertellen dat een ander me wel heeft weten te bezwangeren. Ik wuif de gedachte snel weg.

Milou staat op. 'Ready? Kom. Let's get this over with. Ik ben bij je.' Ze pakt mijn inmiddels klam geworden hand en samen lopen we weer naar de wasbak. 'Wil je hem zelf oppakken of moet ik het doen?'

'Doe jij maar.'

'Oké. Drie, twee, één...'

Ik sla mijn handen voor mijn gezicht. 'Ik durf niet te kijken.'

'Saar?'

'Ja?'

'Je bent hartstikke zwanger.'

Die zaterdag parkeer ik aan het eind van de ochtend mijn auto bij Alex voor de deur, met een joekel van een knoop in mijn maag. Ik had niet gedacht dat ik hier ooit nog zou komen.

Direct na de positieve test hadden Milou en ik er voor de zekerheid nog drie gedaan. Op elk ervan waren twee overduidelijke streepjes verschenen. Antje, de assistente van de fertiliteitspoli in Haarlem die nog precies had geweten wie ik was, had telefonisch de laatste bevestiging gegeven. Volgens haar gebeurde het namelijk vaker dat afleiding door andere gebeurtenissen — of een hele rits daarvan, in mijn geval — een spontane zwangerschap tot gevolg had. En dat terwijl ik het opnieuw uitblijven van mijn menstruatie júíst had gewijd aan de drukte bij De Oase en de onrust in mijn hoofd.

Antje was door het dolle heen geweest. Ik had maar achterwege gelaten dat Maarten niets met het heuglijke nieuws te maken had.

In plaats van op een roze wolk, voelt het alsof ik momenteel op een gitzwarte donderwolk zit. In geen miljoen jaar had ik verwacht me zo ellendig te voelen na het verschijnen van de twee streepjes waar ik al die jaren zo naar had verlangd. Eindelijk groeit er leven in mijn buik. Maar in plaats van euforie had de afgelopen dagen vooral paniek overheerst. Want wat nu? Ik had direct mijn vader willen bellen met het nieuws (en omdat ik wel weer wat van zijn wijze levenslessen kon gebruiken) maar volgens Milou was het netter eerst Alex in te lichten. Op haar advies had ik hem gevraagd wanneer ik even langs kon komen, zonder meteen te vertellen wat de reden was. Dat kon. En dus sta ik nu hier, voor de deur van de laatste man op aarde die ik op dit moment wil zien. Maar een andere keus heb ik niet.

Ik neem nog een teug lucht en bel dan aan. *Je kunt dit, Saar.* Nu maar hopen dat Alex klaar is voor het vaderschap.

'Nogmaals sorry voor de radiostilte, babe,' begint Alex als hij eenmaal binnen naast me plaatsneemt op zijn zwarte leren bank. Hij geeft me mijn glas water aan, neemt een slok van zijn rode wijn, zet zijn glas weer neer en laat zich dan zakken in de bank. Zijn vrije arm legt hij achter me neer. 'Ik had afgelopen tijd wat extra klussen en...'

'Geen probleem,' onderbreek ik hem, zonder hem aan te kijken. In plaats daarvan heb ik mijn blik gericht op de groengrijze chaise longue tegenover me, die er naar mijn weten de laatste keer dat ik hier was nog niet stond. *Benieuwd hoeveel wijven hij daarop heeft geneukt in de tussentijd.* Ik wijs ernaar. 'Nieuw?'

'Die stoel?' Alex gaat voorover zitten en laat zijn beide ellebogen op zijn knieën rusten. Ik moet mijn best doen om me niet te laten afleiden door zijn spierballen, die verdomd goed uitkomen in zijn zwarte shirt. 'O ja, klopt. Cadeautje van mijn zusje.' Hij legt zijn hand op mijn been. Een tinteling trekt door mijn lijf. 'Vind je hem mooi?'

Dan besluit ik dat ik geen tijd heb voor slap geouwehoer. Vooralsnog gaat mijn gevoel voor hem alle kanten op. Ja, hij tikt alle *tall, dark and handsome*-vakjes aan, de seks is fenomenaal en hij zou ons nageslacht in elk geval een financieel stabiele toekomst kunnen bieden. Maar als ik nu geen kind van de beste man in mijn buik had, was ik er ook niet rouwig om geweest als ik hem nooit meer had gesproken.

Ik neem nog een slok water en besluit er dan voor te gaan. 'Ja, zeker een mooi ding,' lieg ik. Dan draai ik me naar Alex toe. 'Hé, waarvoor ik hier ben...'

'Ja, vertel.' Alex pakt zijn glas van tafel, neemt nog een slok en leunt dan weer achterover, met de wijn nog in zijn hand.

De zenuwen gieren door mijn lijf. Nerveus wrijf ik met mijn handen over mijn spijkerbroek. De duurste die ik heb, waarin mijn billen het mooist uitkomen. Ik vond dat Alex moest weten wat hij al die tijd gemist had. 'Ik moet je iets vertellen.'

'O? Laat me raden, je bent zwanger?' grapt Alex. Pas als hij merkt dat ik niet mee lach, verstart zijn blik. 'Grapje, toch?' vraagt hij dan serieus. In zijn ogen lees ik pure doodsangst. Geen sprankje geluk, pure doodsangst. Het doet me pijn.

'Nee,' zeg ik dan, uiterst serieus. 'Geen grap.' Ik haal de test uit het zakje van mijn blazer en leg hem op tafel.

Dan gaat Alex' telefoon af. Geïrriteerd kijkt hij op zijn scherm en neemt hij op. 'Maat, ik bel je zo terug, goed? Even een probleempje hier. Joe, tot zo. Later.'

Sorry, zei hij nou een 'probleempje'? Het is maar goed dat er niet letterlijk stoom uit mijn oren kan komen, anders had de hele kamer nu blauw gestaan.

Als Alex heeft opgehangen, kijkt hij mij weer aan. Dan pakt hij de test van tafel en bestudeert hem nog eens goed. Alsof je hem ook anders zou kunnen lezen.

'Dus,' zeg ik dan resoluut, de stilte doorbrekend. Ik merk dat ik steeds meer klaar met deze gozer begin te raken. 'Wat doen we nu?'

Typisch. De praatjesmaker staat ook een keer met zijn bek vol tanden, hoor.

Alex staat op, loopt dan naar het raam en gaat ervoor staan, met zijn handen rustend in zijn zakken. Een paar minuten kun je een speld horen vallen in de enorme ruimte.

Dan heeft hij eindelijk zijn stembanden weer teruggevonden. 'Hoe weet je eigenlijk zo zeker dat ik de vader ben?' vraagt hij zonder zich om te draaien.

Gast, meen je dit? 'Omdat ik de afgelopen twee maanden met niemand anders het bed heb gedeeld. Of het bad.'

Dan draait hij zich met een ruk om. 'Maar hoe kan dat nou?' vraagt hij, nu met iets meer volume in zijn stem. 'Je slikte toch gewoon de pil, mag ik hopen?'

'Kun je weer hier komen zitten? Dat praat wat

makkelijker in deze balzaal.' Ik heb het inmiddels bloedheet gekregen en trek mijn blazer uit. Ik leg hem op mijn schoot en plaats mijn handen er in elkaar gevouwen bovenop.

Tot mijn eigen verbazing gehoorzaamt Alex en gaat hij op de chaise longue zitten. Ik voel me met de minuut krachtiger worden. Al is het alleen maar omdat ik vandaag ook voor een top met iets meer decolleté dan normaal had gekozen, waar Alex zich zo te zien toch kort door laat afleiden.

'Heel eerlijk? Nee. Ik was namelijk in de veronderstelling dat ik onvruchtbaar was zonder hulpmiddelen.'

'Hulpmiddelen? Wat lul je nou?' Alex snapt er overduidelijk niks van. Zijn hoofd is inmiddels zo rood als een kreeft. Bij zijn slaap zie ik een slagader kloppen.

'Ik zal je de details besparen. Maar in elk geval: anders had ik natuurlijk voorzorgsmaatregelen getroffen voor onze ontmoeting laatst.'

Dan springt Alex op en slaat hij zijn hand tegen zijn hoofd. 'Jezus, hoe dom kun je zijn?'

Op dat moment duikt er een glazenwasser op bij het raam. Ik knik beleefd naar hem, Alex volgt mijn blik maar heeft overduidelijk andere prioriteiten en richt zich al snel weer tot mij. De blik in zijn bloeddoorlopen ogen boort zo ongeveer dwars door mijn hoofd heen. Wonderbaarlijk genoeg weet ik, ondanks dat hij vanbinnen het bloed onder mijn nagels vandaan haalt, qua lichaamstaal de rust zelve te blijven.

'Wanneer heb je die test gedaan?'

'Donderdag.'

'Wát? Twee dagen geleden? Waarom vertel je me dit allemaal nu pas dan? Jézus!' herhaalt hij. Hij slaat hard op de leuning van de stoel.

Dan kan ik mezelf niet langer bedwingen. 'Omdat ik niet vind dat je zoiets door de telefoon vertelt!' *En ik de alcoholvrije champagne die in de gang in die Albert Heijn-tas zit, liever samen had opgedronken*, denk ik erachteraan.

Weer een lange stilte.

'Nou ja, dan laat je het maar weghalen, of zo.'

'Sorry?'

'Ja eh, sorry, maar ik kan hier niks mee! Ik heb geen ruimte voor een kind in mijn leven.'

Ik voel mijn bloed koken. 'Dat had je dan moeten bedenken vóór je me onbeschermd volspoot!' Woest sta ook ik nu op, pak ik mijn spullen bij elkaar en storm naar de uitgang. Bij de deur draai ik me nog een laatste keer om. 'Walgelijke narcist.'

Pas als ik in mijn auto zit, laat ik de tranen toe. Ik kan nog steeds niet geloven wat er net is gebeurd. Even hoopte ik nog dat mijn zoon of dochter in elk geval wél een goede relatie met Alex zou kunnen opbouwen. Maar in slechts een paar minuten had hij die hoop door zijn veel te dure designtoilet gespoeld.

Als ik weer wat gekalmeerd ben, neem ik een drastische beslissing. Ik haal de Peugeot van de handrem, zet de radio aan en draai de weg op. Het is tijd om te kiezen voor mezelf. Of eigenlijk: tijd om te kiezen voor ónszelf.

Met Bløf op de achtergrond duwt mijn auto een klein uur later dan eindelijk het asfalt voor zich uit, zoals Paskal Jakobsen het zou omschrijven. Eenmaal thuis had ik snel de belangrijkste spullen ingepakt, tijdelijk afscheid genomen van Milou en Maike geappt dat ik haar nog zou bellen, waarna ik in de auto was gestapt. Nog even en de weilanden, schapen en authentieke boerderijen aan weerszijden van de snelweg zouden plaatsmaken voor een uitzicht op de betonnen jungle van de Randstad.

Het is een gek idee dat ik voorlopig niet in Zeeland zal zijn, maar ik had geen geschikter moment kunnen bedenken voor het opnemen van mijn vakantie. De eerste weken van de zwangerschap zijn cruciaal en dus kan ik beter nu goed mijn rust pakken. Zo vond gelukkig ook Milou, die inmiddels genoeg kennis en ervaring in huis heeft om de toko alleen met Deborah te kunnen runnen. Zodra ik ben geïnstalleerd bij mijn vader, zal ik met de poli Gynaecologie bellen om een afspraak te maken voor mijn eerste echo. De eerste echo waarop er — als alles goed gaat — wél leven te zien zal zijn.

Een nog altijd onwerkelijke gedachte.

'Saar?'

'Hé! Hoi, ja, met mij.'

'Moment, hoor,' zegt Jop aan de andere kant van de lijn. 'Ik vraag of Micha de kassa overneemt.'

'Yes.' Ik klem intussen mijn telefoon wat beter in de houder die met een zuignap tegen mijn voorruit geplakt zit. Vreemd genoeg maakt zijn stem me meteen al een tikkeltje nerveus. Jop kennende zal hij niet staan te springen om mijn tijdelijke vertrek naar Amsterdam. En ik moet inmiddels bekennen dat ik ook hem zal missen. Al is het maar voor kort.

'Hoe is het met je?' vraagt Jop nadat hij naar buiten is gelopen. Zo te horen waait het flink op het industrieterrein.

'Vandaag wel oké. En met jou?'

'Ja, prima, alles zijn gangetje hier. Ben je nog ziek?'

Wat is het toch een lieverd. 'Nee, niet meer,' lieg ik, vastbesloten een geschikter moment te prikken om hem over mijn zwangerschap te vertellen. 'Jop, ik bel even om...' Dan verschijnt er een bumperklever in mijn achteruitkijkspiegel. Ik schuif een baan op naar rechts om hem de ruimte te geven.

'Sorry, zit in de auto,' vervolg ik dan.

'Geen probleem.'

'Ik eh, ben namelijk onderweg naar het westen. Voor een paar weken vakantie. Ik móét gewoon even wat rust pakken. Al die hectiek van de B&B en zo…'

Man, dat liegen is zó niks voor mij.

Een paar momenten is het stil aan de andere kant van de lijn. Op de achtergrond hoor ik regendruppels op de kunststof schelpenzandbakken naast de ingang van de bouwmarkt neerkomen.

'Je hebt helemaal gelijk!' zegt hij dan. 'Dan maar een andere keer borrelen samen.'

'Jop...'

'Ja, sorry. Dat "dan maar" bedoelde ik natuurlijk niet zo, ik bedoel...'

'Jop, ik snap dat het niet netjes is om onze afspraak van vanavond zo last minute te cancelen,' onderbreek ik hem. 'En eerlijk gezegd had ik me er ook écht op verheugd, maar ik wil gewoon de beste versie van mezelf zijn als we elkaar weer zien. En zo voelt het op dit moment gewoon niet. Ik hoop dat je dat begrijpt.'

'Ja, nee, tuurlijk.'

'Weet je, ik ben nu onderweg naar mijn vader. Is het goed als ik je vanavond nog even bel?'

Terwijl buiten een fikse bui losbarst, maakt deze allesbehalve vlekken op mijn inmiddels hagelwitte humeur. Ook al heb ik hem nog niet het complete verhaal kunnen vertellen, ons telefoongesprek had verrassend vertrouwd gevoeld. En het heeft even geduurd, maar ik merk dat ik inmiddels met de minuut meer ga houden van het wezen dat per se een suite wilde boeken in míjn buik. Ik zet de ruitenwissers nog een standje harder. *We gaan dit samen rocken, kleintje.*

Zo'n twee uur later ben ik al bijna bij Schiphol als ik mijn telefoon in mijn linkerooghoek zie oplichten. Een onbekend nummer verschijnt in beeld.

'Hallo?' vraag ik, als ik mijn mobiel eindelijk op de speaker heb weten te zetten.

'Spreek ik met mevrouw Scholten?'

'Ja, dat ben ik. Wie is dit?'

'U spreekt met de heer Vermeer, politie Amsterdam. Ik hoor dat u aan het rijden bent? Kunt u wellicht ergens afslaan?'

De zakelijk klinkende stem aan de andere kant van de lijn maakt me in één klap bloednerveus. Ik parkeer mijn auto zo snel als ik kan bij het nabijgelegen benzinestation, zet met trillende handen mijn telefoon tegen mijn oor en laat de man verdergaan met zijn verhaal. De woorden die volgen voelen als een mes dat dwars door mijn ribbenkast wordt geboord.

'Het spijt me, mevrouw Scholten. Uw vader is zojuist overleden.'

'Een hartstilstand?' Charlot is meer geraakt door het nieuws dan ik had verwacht, zie ik aan haar verslagen blik als ik naast haar op de witleren bank heb plaatsgenomen. Felix, de kat die Daan na lang zeuren toch had gekregen (en waar hij inmiddels nauwelijks meer naar omkijkt), ligt naast mijn zus tevreden te spinnen. Hij lijkt weinig mee te krijgen van alle hectiek. Dan valt Charlot huilend in mijn armen, waardoor ik het opnieuw niet droog kan houden. Zo blijven we een tijdje samen zitten, zonder iets te zeggen. Het is lang geleden dat Charlot en ik zo close met elkaar waren. *Dat heb je nu toch mooi voor elkaar, pap,* denk ik terwijl ik mijn zus nog wat steviger vastpak en een kus op haar wang druk.

'Nou, borrel dan maar?' doorbreekt Charlot uiteindelijk de stilte. Het verbaast me dat ze nog geen vraagtekens heeft gezet bij mijn bezoek aan Amsterdam.

'Eh, nee, dank je. Ik moet zo weer weg,' zeg ik snel, terwijl ik mijn telefoon uit mijn zak pak om zogenaamd te kijken hoe laat het is. Alsof dat me überhaupt nog wat kan schelen op dit moment. De vraag van Charlot overvalt me. Zoals eigenlijk de hele situatie. Want waar ga ik nu eigenlijk heen?

'Kom op, zus, één wijntje kan toch wel? We hebben een hoop bij te praten.'

Dan besluit ik Charlot de echte reden te vertellen achter het afslaan van de droge witte, die ze inmiddels uit de voorraadkast heeft gepakt. En vallen we elkaar voor de tweede keer deze middag in de armen.

2020

Juli

Het is 6 juli en zo ongeveer de natste dag van het jaar als we met een klein clubje mensen definitief afscheid van mijn vader nemen. Op de muren van de zaal waarin hij ligt opgebaard, zijn witte en lila orchideeën geschilderd. Ze maken me rustig. Enkele bezoekers — een paar neven, twee oud-collega's en mijn vaders favoriete buurvrouw — hebben zich op de houten banken geïnstalleerd. Zelf zit ik op de voorste rij aan de linkerkant van de zaal. Links van me zit Charlot, die Daan een koptelefoon op heeft gezet om hem zoet te houden tijdens de uitvaartceremonie. Ik zal nooit iets van haar opvoedtechnieken snappen.

Vanmorgen had Jop nog kort gebeld om me vandaag sterkte te wensen. Het contact tussen ons is inmiddels weer als vanouds. Met een telefonische pinky promise hebben we afgesproken bij mijn terugkomst snel iets leuks te doen. Ik moet bekennen dat ik niet kan wachten.

Terwijl de gastvrouw de deuren van de zaal sluit, kijk ik naar de eikenhouten kist voor ons. Op de rouwboeketten is niet bezuinigd. Het doet me goed. Al weet ik zeker dat mijn vader liever had gezien dat zijn nabestaanden ervan uit eten waren gegaan. Achter de kist worden een voor een foto's van hem getoond. Bij een foto van ons samen in de Linnaeushof voel ik opnieuw een brok in mijn keel ontstaan. Ik herinner me dat moment nog als de dag van gisteren. Ik was net hard gevallen, waardoor mijn knie helemaal open lag. Als pleister op de wond had mijn vader me getrakteerd op een softijsje. De grootste die ze hadden. Mét discospikkels. Toen al wist hij precies wat hij moest doen om bij zijn dochter weer een glimlach op het gezicht te toveren.

Een traan glijdt van mijn binnenste ooghoek langs mijn neus naar beneden. Charlot ziet het en reikt me een tissue aan, die ik dankbaar aanpak.

'Het blijft zo onwerkelijk,' fluister ik.

Ze knikt. 'Ja, hè?'

We pakken elkaars hand vast. De mijne is ijskoud, die van Charlot prettig warm. Hoewel ik voor mijn vader blij ben dat hij eindelijk af is van alle ellende rondom zijn gezondheid, had ik hem zo graag nog langer bij me willen hebben. Juist nu. Het besef dat het wezentje dat in mij groeit zijn of haar opa nooit zal leren kennen, doet me pijn.

Mijn moeder weet inmiddels dat ik in verwachting ben van haar tweede kleinkind. Nog voor ik het haar zelf had kunnen vertellen, had Charlot haar al gesproken. 'Ik moest haar toch op de hoogte brengen van papa en wilde met een positief bericht afsluiten,' zo had ze verklaard. Lang had ik niet boos kunnen blijven over de ondoordachte actie van mijn zus. Daarentegen zal de woede die opspeelt als ik aan mijn moeder denk, nooit meer verdwijnen.

De zondag na de hereniging met Charlot was ik meteen bij mijn moeder langsgegaan om haar bij te praten over alle ontwikkelingen. Eenmaal op de stoep voor het Amsterdamse pand, had ik mezelf voorgenomen onze relatie nog één kans te geven. Was het niet voor mezelf, dan wel voor mijn vader en de ongeboren kleine. Maar het laatste sprankje hoop op verzoening was nog voor ik de woonkamer had kunnen betreden, al vervlogen. Nee, ze had geen behoefte om bij mijn vaders afscheid te zijn. Daarvoor waren ze al te lang uit elkaar, zo had ze gezegd. En ze zag al helemaal niet in wat haar rol in het leven van mijn zoon of dochter zou moeten zijn. Ze had Daan toch al? Bovendien moest ze niets weten van een kind dat was verwekt tijdens een eenmalige vrijpartij. Ja, dat was Daan ook, maar diens vader had hem tenminste erkend en staat middenin de nacht voor hem en Charlot klaar. Dat was anders.

Toen mijn moeder was begonnen over abortus, was dat voor mij het breekpunt geweest. Opnieuw hadden de horrorhormonen het van me overgenomen. Ik had haar verzocht nooit meer contact met me te zoeken. Dit was gewoon een walgelijke principekwestie geworden. Ik zal moeten accepteren dat Charlot haar oogappel is en blijft. En dat ik vanaf nu niet alleen verder zal moeten zonder vader, maar ook zonder moeder.

Vandaag voelt dan ook als een dubbele begrafenis.

Nadat de gastvrouw iedereen welkom heeft geheten, is het mijn beurt om plaats te nemen achter de katheder. Tijd om de laatste woorden tot mijn vader te richten. Ik ben ongeveer op de helft van mijn afscheidsspeech als ik een piepend geluid hoor en voor het eerst weer de zaal in kijk. Mijn blik wordt direct naar de deur bij de ingang getrokken en mijn hart schiet zo ongeveer door mijn borstkas heen. Een paar seconden, die voelen als een eeuwigheid, staar ik als versteend naar de persoon die zojuist onaangekondigd is komen binnenvallen. Het duurt niet lang of alle ogen zijn op hem gericht.

Maarten! Wat doet hij nou hier?

Ook Charlot lijkt niet voorbereid op de komst van mijn ex, gezien haar verwarde blik, maar gebaart dan dat hij op een willekeurige plek kan plaatsnemen. Dan herpak ik mezelf weer. *Kom op, Saar, je staat hier voor pap*. Met stomheid geslagen vervolg ik mijn verhaal, waarna ik mijn plek aan mijn zus afsta.

Als de plechtigheid voorbij is en de meeste gasten weer naar huis zijn, loop ik samen met Maarten over het verregende bospad naar de parkeerplaats. Voorzichtig proberen enkele zonnestralen zich een weg door het bladerdak boven ons te banen. Ik verstop mijn beginnende buikje nog wat beter achter de flappen van mijn regenjas en kijk even achterom, waar Charlot met Daan aan haar zijde herinneringen aan zijn opa ophaalt. De gastvrouw, die naast hen loopt, is een en al oor. Of ze oprecht geïnteresseerd is of gewoon haar vak uitoefent, durf ik niet te zeggen, maar mijn zus en neefje lijken het in elk geval te waarderen.

'Hoe eh,' onderbreek ik ons gesprek over ditjes en datjes. Ik wil Maarten zoveel vragen, maar me tegelijkertijd niet laten leiden door mijn labiele toestand.

'... wist ik van je vader?' maakt hij mijn zin af. 'Van Milou. Ze belde me gisteren om me te informeren. Niet per se als open uitnodiging voor de begrafenis, maar het voelde goed om er vandaag voor je te zijn. Ondanks alles.'

Ik kijk opzij en glimlach. 'Lief.'

'Sorry trouwens dat ik niets meer van me heb laten horen na dat ene berichtje. Ik eh… wilde het verder niet moeilijker maken. Had misschien helemaal niks moeten sturen. Maar ja, achteraf is makkelijk praten, natuurlijk.'

'Het is oké,' antwoord ik, zo afgemeten mogelijk. Vanbinnen doe ik een vreugdedansje. *Geen ander in het spel! Althans, zo lijkt het.*

We zijn inmiddels bij de Peugeot aangekomen, die Maarten meteen aan een kritische inspectie onderwerpt. Het duurt niet lang of zijn blik valt op de grijze ducttape op een van de achterste plastic wielkasten. Ik begin te blozen.

'Ben jij híérmee naar Zeeland gereden?'

Nadat ik die middag Charlot en Daan thuis heb afgezet, rij ik door naar Velserbroek, waar Maarten en ik hebben afgesproken in zijn garage. Het voelt vreemd om weer door mijn oude straat te rijden, maar tegelijkertijd ben ik mijn ex dankbaar voor de gratis APK die hij me vanmiddag op de parkeerplaats van het uitvaartcentrum had aangeboden.

Eenmaal binnen zie ik dat er weinig veranderd is sinds mijn vertrek. Alleen de twee planken rechts van de ingang, met daarop vier zo te zien volgestouwde verhuisdozen, hingen er eerder nog niet.

Maarten zet de lichtschakelaar om en wijst naar de haakjes naast zijn werkbank. 'Je kunt je jas daar wel ophangen, hoor,' zegt hij. Zijn eigen jas hangt hij over een stalen kruk bij de werkbank.

'O, nee, joh,' bedank ik hem snel. Hoewel ik vandaag geen zin had in vragen en bewust een wijder vallende jurk had aangetrokken, ben ik als de dood dat de subtiele bolling Maarten wél zou kunnen opvallen. 'Ik hou hem wel aan.'

Maarten kijkt naar me alsof hij vuur ziet branden en haalt vervolgens zijn schouders op. 'Zelf weten,' zegt hij, waarna hij zich volledig op mijn rammelbak stort.

Ik neem plaats op een van de krukken en doe

alsof ik wat berichtjes bekijk op mijn telefoon. Terwijl Maarten zich al snel in zijn werk verliest, richt ik onopvallend mijn ogen weer omhoog en neem ik hem van een afstandje nog eens goed in me op. Boven zijn oren wordt hij al grijs, wat ik eigenlijk best sexy vind. Ook de knalblauwe overall staat hem nog steeds goed, al lijkt zich inmiddels een klein buikje achter de rits te verschuilen. *Welkom bij de club.*

'Maar vertel eens, hoe gaat het verder met je?'

Ik schrik op uit mijn gedachten en voel mijn wangen rood worden. Snel begin ik over de B&B, de verhuizing van Milou en Bart naar het zuiden en over de goede band die ik inmiddels met Jan en Maike heb opgebouwd. Jop laat ik voor het gemak buiten beschouwing. En Alex al helemaal. Alsof we het over de duivel hebben, verschijnt er een berichtje van Jop in mijn scherm met de vraag hoe de uitvaart was. Als Maarten zich weer op mijn auto richt app ik hem snel terug dat ik morgen bel en neem mezelf, als er een gaap uit mijn mond glipt, voor om vanavond vroeg naar bed te gaan.

Het loopt al tegen zessen als Maarten na een kleine twee uur klussen de sleutel van de Peugeot weer aan mij overhandigt. Buiten is het opnieuw gaan regenen, hoor ik aan de grote spetters die tegen de garagedeur aan kletteren. 'Zo, die is weer klaar voor een paar honderd veilige kilometers,' zegt hij trots, terwijl hij boven de wasbak het ergste vuil van zijn handen spoelt.

'Super, hoe kan ik je bedanken?'

Maarten denkt na. 'Wanneer ga je terug naar Zeeland?'

De vraag overvalt me. 'Weet ik nog niet,' flap ik er dan uit. Een keiharde leugen, want vanmorgen had ik Charlot gevraagd mee te gaan naar de eerste echo, komende woensdag. Daarna zou ik weer naar Zeeland afreizen. Wat overigens mijn eigen beslissing was geweest, want Milou had liever gezien dat ik nog wat rust nam, helemaal na de plotselinge dood van mijn vader. Maar de misselijkheid was al even weg en ik voelde me verder prima. Bovendien had ik los van mijn zus weinig meer te zoeken in Amsterdam en kon ik wel wat afleiding gebruiken na deze hectische periode.

'In dat geval,' zegt Maarten dan, 'trakteer je me vanavond maar op een calzone.'

'Eh, doe maar koffie, Maart,' zeg ik als we eenmaal terug van de pizzeria bij hem thuis nog een drankje doen en ik zie dat hij een fles Chardonnay uit de koelkast trekt. Ik heb mezelf inmiddels op mijn vertrouwde plek aan de bar in de keuken geïnstalleerd. Mijn buikje verberg ik snel onder het keukenblad voor me. 'Ik eh, voel me niet helemaal op mijn best vandaag.'

'Nee, tuurlijk, je hebt helemaal gelijk,' excuseert Maarten zich snel. Hij schenkt een glas wijn voor zichzelf in en pakt dan een mok uit het keukenkastje boven het aanrecht. 'Ik dacht alleen: die kan vast wel een borrel gebruiken na deze dag.'

Na deze dag? Na deze wéken zul je bedoelen. Alles in me roept dat hij het recht heeft nú te weten hoe het zit, maar ik krijg de drie woorden die deze bijzonder fijne avond compleet op zijn kop zullen zetten, maar niet over mijn lippen. *Misschien kan ik maar beter na de koffie al gaan rijden.*

Maarten zet de Nespresso voor me neer. Dan kijkt hij me bezorgd aan. 'Zeg, weet je zeker dat het verstandig is om na zo'n emotionele dag nog naar Amsterdam af te reizen?'

Hè? Sinds wanneer kan hij gedachten lezen? 'Ja hoor, komt goed,' zeg ik dan, terwijl ik Google Maps vast instel op het adres van mijn zus. 'Ik ben er zo.'

Een paar uur later blijk ik iets te optimistisch te zijn geweest. Na nog een uur lang herinneringen aan mijn vader te hebben opgehaald, hadden we ons al snel van de harde barkrukken naar de comfortabele bank verplaatst. Niet veel later was ik, toen ik uit oude gewoonte mijn knieën had opgetrokken, als een blok in slaap gevallen. Toen ik tegen half elf weer wakker was geschrokken, had Maarten erop gestaan mij naar boven te brengen en de plek op de bank voor vannacht van me over te nemen. Nu ik in een van zijn T-shirts in zijn bed lig — óns bed, waarin we zoveel bijzondere momenten hebben gedeeld — dringt de hele situatie pas goed tot me door.

'Is dit eigenlijk wel slim?' vraag ik, terwijl Maarten de gordijnen dichttrekt.

'Ik begraaf liever niet een vader en dochter in dezelfde week, als je het niet heel erg vindt.'

'Goed punt.'

'Nou, Saar,' zegt Maarten als hij op de rand van het bed zit, 'ik hoop dat je de slaap vannacht een beetje kunt vatten.'

Net als hij me een vriendschappelijke kus op mijn wang wil geven, draai ik mijn hoofd om, op zoek naar mijn telefoon om Charlot te laten weten dat ik morgen pas thuiskom. Daardoor komen zijn lippen niet op mijn wang, maar vol op mijn mond terecht. Geschrokken deinst Maarten achteruit, waardoor hij bijna over de poten van de bureaustoel struikelt. Bij de deur kijkt hij nog even om. Zijn jukbenen zijn zo rood als een tomaat. 'Eh nou, dan zie je ik morgen, goed?'

'Ja… tot morgen,' antwoord ik beduusd terug. 'Trusten.'

'Welterusten.'

Als ik een paar uur later al minstens acht keer afwisselend op mijn linker- en rechterzij ben gaan liggen, op mijn rug eveneens de slaap niet kan vatten en heb moeten concluderen dat ook mijn buik een goede nachtrust in de weg zit, hak ik de knoop door. Op deze manier maken we het alleen maar moeilijker voor onszelf.

Voorzichtig kleed ik me weer aan en sluip ik de subtiel verlichte trap af. *Lang leve Vinex-woningen zonder krakende treden*. In de woonkamer pak ik als een professionele inbreker zo geluidloos mogelijk mijn spullen bij elkaar, zoek in het schemerlicht naar de huissleutels (waar nog altijd dezelfde sleutelhanger van een geel Volkswagen-busje aan hangt) en trek ik uiteindelijk Maartens deur achter me dicht.

2020

September

'Hoppa, in één keer!' Jop grijnst breeduit terwijl hij de punten voor zijn hole-in-one noteert. Het potloodje steekt hij daarna weer achter zijn oor. Ondanks dat het vandaag extreem benauwd is en ik ook daardoor weinig energie heb voor een inspannende middag (of überhaupt enige inspanning), had Jop me bijna gesmeekt een balletje met hem te slaan op de midgetgolfbaan. Achter ons hoor ik gejoel als ook een vader zijn bal succesvol in de hole tikt. Zijn zoontje aanschouwt het geheel mokkend, met zijn armen over elkaar geslagen.

'Nu snap ik waarom je hiernaartoe wilde, je wilde natuurlijk je verborgen talent showen!' Plagend geef ik Jop met mijn elleboog een stootje tegen zijn arm, voor we samen naar het volgende onderdeel lopen.

Ik ben blij er weer een keer uit te zijn. De afgelopen maanden waren pittig — en niet alleen door de dood van mijn vader en de toenemende fysieke ongemakken (waarbij nog wekenlang op volle kracht meedraaien in de B&B natuurlijk niet had geholpen). Met name het besef dat ik straks helemaal alleen verantwoordelijk ben voor een fragiel levend wezentje, valt me zwaar.

Deze situatie is allesbehalve hoe ik het voor me had gezien. Laat staat dat ik ook maar enig benul heb van hoe je zoiets in godsnaam aanpakt. Toch had ik, mede door de tijd die ik met ervaringsdeskundige Charlot had doorgebracht, deze week voor het eerst het gevoel gehad klaar te zijn voor de baby. Ik was blij met de keuze in Amsterdam onder controle te blijven, waardoor mijn zus me tot nu toe bij elke echo had kunnen bijstaan.

Het laatste zal me voor altijd bijblijven: op de twintigwekenecho was er geen piemeltje te zien geweest. *Mijn instinct had dus al die tijd goed gezeten.*

Nadat ik afgelopen zomer was vertrokken uit Velserbroek, had ik Maarten via een kort berichtje bedankt voor zijn goede zorgen. Ik had hem ook verzocht mijn keuze om het hoofdstuk hierbij af te sluiten te respecteren, waarop hij politiek correct had geantwoord dat hij me liever nog persoonlijk had gesproken, maar me alle goeds wenste.

Na dit lastige besluit had ik nóg een klus te klaren gehad. Hoewel ik ontzettend trots ben op wat ik met de B&B heb bereikt, had ik al vrij snel na de positieve test geweten dat ik het alleenstaande moederschap niet wilde combineren met het runnen van een eigen onderneming. Want ook al was die fertiliteitsreis vol wegwerkzaamheden en doodlopende straten geen vruchtbare geweest, als ik er íéts van opgestoken had, dan was het wel dat stress je lijf volledig kan overnemen. Het was voor mij reden genoeg geweest om per 1 oktober de hoofdverantwoordelijkheid officieel over te dragen aan Milou, die al meerdere keren had laten doorschemeren haar roeping te hebben gevonden als B&B-gastvrouw. Ook Deborah had inmiddels helemaal haar draai gevonden als Chef Social Media en in haar ondersteunende rol.

Het voelt goed om alleen nog op de achtergrond bezig te zijn met de zaak. De rest van mijn inkomen sprokkel ik sindsdien bij elkaar achter de kassa van de bouwmarkt, wat mijn relatie met Jop alleen maar ten goede komt. Al ben ik er inmiddels wel over uit dat hij niets meer zal worden dan een vriend — een hele dierbare, maar wel slechts een vriend. Het wordt tijd hem dat te vertellen. Dat en het grotere geheim dat ik al een tijdje — mentaal én fysiek — met me meedraag.

Terwijl ik me klaarmaak voor een nieuwe slag, trekt het wolkendek boven ons open, waardoor de zon plotseling fel in mijn rug brandt. Ik voel een zweetdruppel langs mijn ruggengraat naar beneden glijden.

'Zeg, heb jij het niet superheet in die jas?' Jops ene hand leunt op zijn golfstick, met de ander brengt hij wat Labello aan op een van zijn mondhoeken.

Ik verstijf. Daar gaat mijn plan om het pas straks op het terras over serieuze zaken te hebben. Snel concentreer ik me weer op de hole. 'Nee, hoor. O, oeps...,' ik kijk de bal na die door de kracht van mijn slag in de bosjes belandt, 'iets te hard.'

'Gaat het wel goed met je?' vraagt Jop bezorgd, terwijl hij meehelpt met zoeken. Ik ontwijk zijn blik.

'Jawel, ik had dit dagje gewoon nodig. Ah, hebbes!' Trots hou ik de bal weer omhoog, waarna ik hem in mijn zak steek en mijn mouwen ter verkoeling wat opstroop.

'O, top!'

'Zullen we even daar zitten?' Ik wijs naar het stenen bankje langs de baan.

'Prima.'

'Ik eh,' begin ik als we naast elkaar zitten en onze golfspullen op de grond voor ons hebben neergelegd. Van mijn losse haar maak ik intussen een knotje. Ook omdat ik niet weet waar ik mijn handen anders moet laten. Hoewel Jop boven zijn beige katoenen broek alleen een T-shirt aan heeft, heeft ook hij aan de donkere plekken onder zijn oksels te zien last van de hitte. Of de zenuwen. 'Er is iets wat ik je al een tijdje wil vertellen.'

Jop trekt zijn wenkbrauwen omhoog, waardoor er een paar rimpels op zijn glimmende voorhoofd ontstaan. Het gezin achter ons is inmiddels bij ons onderdeel aangekomen. We gebaren dat ze hun gang kunnen gaan.

Dan trek ik de rits van mijn regenjas langzaam omlaag. Jops ogen vallen eerst op mijn borsten, die inmiddels twee cupmaten zijn gegroeid, en dan op de bolling eronder.

'Ooo! Hè? Je...?'

'Ja,' antwoord ik voorzichtig.

'Hoe eh...'

'Lang verhaal.' Dan draai ik me een slag naar hem toe en pak ik met twee handen zijn hand vast. In onze palmen is het één kleffe bende, maar het kan me niets schelen. 'Geloof me, Jop, ik had het je écht eerder willen vertellen, maar toen overleed mijn vader en...'

'Het is al goed,' sust hij me, terwijl hij er een geforceerde glimlach uit perst. 'Ik had alleen, eh, dit niet helemaal verwacht.' In zijn ogen, die opnieuw op mijn buik zijn gericht, zie ik in één klap alle hoop op een romantische toekomst voor ons tweeën vervliegen.

Mijn hart breekt. 'Dat snap ik.'

'Maar hé,' herpakt hij zich dan op wonderbaarlijke wijze, 'dit gaat niet over mij. Dit gaat over jou! En Maarten.' Ik slik. 'Misschien lijkt het nu niet zo, maar ik ben echt heel blij voor jullie dat het eindelijk gelukt is.' Liefdevol knijpt hij in mijn handen.

Shit, hoe ga ik dit nu weer brengen?

Dan voel ik een grote spetter op mijn neus kletteren. Tegelijk kijken we naar boven, waar de zon inmiddels heeft plaatsgemaakt voor een paar donkere wolken. Voor we het weten barst het onweer los en is ook de regen niet meer te stoppen.

'Toch wel handig, hè, zo'n regenjas?' lach ik, terwijl we in volle vaart naar de hoofdingang rennen. We leveren onze golfspullen weer in, waarna we snel de auto in vluchten. Daar vertel ik Jop het complete verhaal. Van de ontmoeting met Alex, ons avontuurtje, de test. En hoe Maarten opeens weer voor mijn neus stond en net zo snel weer uit mijn leven verdween.

Met grote ogen — en afschuw tegenover Alex — hoort Jop het verhaal aan, waarna hij me de dikste knuffel geeft die we ooit hebben uitgewisseld. Het moet gezegd, ook de mate van volwassenheid waarmee Jop met dit nieuws omgaat, siert hem. Ik prijs me gelukkig met zo'n waardevolle vriend.

2020

November

Samen met mijn zus sta ik een paar maanden later voor het graf van pap. Ondanks dat ik dik ben aangekleed, loopt er plotseling een rilling over mijn rug. Als kind was ik gek genoeg gefascineerd door kerkhoven. Maar nu mijn eigen vader hier ligt, kan ik de behoefte zo snel mogelijk met gierende banden weer te vertrekken maar nauwelijks onderdrukken. De grafsteen, die gisteren geplaatst is, valt me niet tegen. Het is een klassiek, vierkant monument van grijs natuursteen geworden, met daarin zijn volledige naam en geboorte- en overlijdensdatum. Zonder opsmuk. Precies zoals hij het had gewild.

'Ik kan er gewoon nog steeds niet bij hoe snel het allemaal is gegaan, Lot,' verbreek ik uiteindelijk de stilte.

'Gek hè?'

Ik knik.

'Ben je al een beetje aan het idee gewend dat pa die kleine niet meer kan meemaken?' vraagt mijn zus dan voorzichtig, al wijzend naar mijn buik, die inmiddels niet meer te ontkennen valt.

'Mwah, niet echt,' antwoord ik naar waarheid.

'Weet je, ik had haar zo graag nog op z'n minst een opa gegund. Beter een fijne opa dan een vader die zijn bloedeigen kind geen fuck interesseert.'

'Nou, zeg dat wel! Wat een asshole die Aaron!'

'Alex.'

'Whatever.'

'Sarah?'

Een bekende stem doet me opschrikken. Ik draai me om en krijg een spontane déjà vu naar afgelopen zomer.

What the… Bespioneert hij me of zo?

'Hè?' Ik weet voor een paar momenten niet waar ik het zoeken moet en kijk dan mijn zus vragend aan. *Zit zij soms in het complot?* Dan kijk ik weer naar mijn ex, die inmiddels vanaf het grindpad parallel aan dat waaraan mijn vader ligt, onze kant op komt lopen. Nog voor hij ons heeft bereikt, zie ik zijn ogen al op de toeter onder mijn inmiddels nog groter geworden borsten vallen. *Geen weg meer terug. Al had ik me vanmorgen in een vijfdelig skipak moeten hijsen om mijn buik nog enigszins te kunnen verhullen.*

'Ach! Je bent… zwanger?' Maarten krabt aan zijn achterhoofd, zich overduidelijk bewust van hoe dom die vraag moet hebben geklonken. Twee grijsharige vrouwen lopen ons in stilte arm in arm voorbij. Hun ogen zijn op de grond gericht. Een van de vrouwen heeft een zakdoek in haar hand.

'Zeg, hé Saar?' vraagt Charlot dan, de spanning

doorbrekend. 'Vind je het goed als ik Daan vast bij zijn vader vandaan ga trekken? Dan kunnen jullie bijkletsen.'

'Eh ja, tuurlijk. Prima.'

'Bel maar als ik je moet oppikken.' Mijn zus plakt een kus op mijn wang, glimlacht naar Maarten en loopt dan in de richting van de parkeerplaats, ons allebei in totale verwarring achterlatend.

Nee, hij klust niet bij als regionale James Bond en was eigenlijk niet eens van plan vandaag naar het graf van zijn vader te gaan, zo vertelt Maarten als we samen op een gemeentebankje aan de Amstel zitten. Onderweg naar de parkeerplaats na mijn vaders uitvaart had hij het niet het juiste moment gevonden me te vertellen dat ook zíjn vader op Vredestein begraven lag. Ik had het hem vergeven. Hoewel ik wist dat ik me op glad ijs bevond door weer wat tijd met mijn ex door te brengen, was ik uiteindelijk toch bij hem in de auto gestapt. We moesten praten. Vandaag nog. Het hele verhaal uit de doeken doen met onze vaders als stille getuigen, had voor ons beiden niet goed gevoeld.

'Maar je hebt dus al die tijd niks meer van die Abel gehoord?' vraagt Maarten, terwijl er een paar boten van de aan de overkant gelegen roeivereniging voorbijkomen.

Wat is dat toch met het onthouden van die naam? Hoewel, ik vergeet hem zelf eigenlijk ook het liefst zo snel mogelijk.

'Alex. Nope. Nog geen appje.'

'Pff. Dwaas.' Maarten kijkt naar zijn witte sneakers en veegt er dan wat modder van de begraafplaats vanaf. Zo met zijn hoofd tussen zijn knieën, valt er iets onzekers over hem heen. Verbaasd neem ik hem in me op. In al die jaren heb ik hem bijna niet anders gekend dan de positivo die alles altijd voor elkaar heeft en zich maar zelden van zijn kwetsbare kant laat zien.

'Maar het is helemaal prima zo, hoor,' zeg ik dan, terwijl ik oogcontact met hem probeer te zoeken. 'Maak je niet druk om mij. Of ons eigenlijk.' Ik vouw mijn beide handen om mijn buik heen. 'Wij redden ons wel.' Hij kijkt weer omhoog en glimlacht, waardoor de moedervlek naast zijn oog deels in een rimpel verdwijnt. *Die lach…* ik was vergeten hoe die me week kon doen voelen tot op het bot. Voor een paar momenten lijken onze blikken aan elkaar vastgeketend. Vlak voor ik compleet in de war kan raken, richt Maarten de zijne weer op de overkant van het water, waar het Amsterdamse leven onverstoorbaar doorgaat. Een paar auto's toeteren.

'Heb je anders tijd nog even langs mijn vaders boot te lopen?'

'Tuurlijk. Ga jij maar voor.'

Het schemert inmiddels. Zwijgend lopen we langs de kade. Dat konden we altijd goed. Veelzeggend zwijgen. Want ik weet zeker dat ik niet de enige ben die iets voelde net. Als hij dan, zijn blik nog altijd op de straat voor ons gericht, met zijn pink de mijne pakt, antwoord ik door mijn vingers met de zijne samen te smelten.

'Heeft wel wat toch, zo'n avondwandeling?'

'Ja,' stem ik in.

'Dat deden we eigenlijk nooit, hè?'

'Wat?'

'Avondwandelen.'

'Nee, niet echt.'

'Zonde, best fijn.'

Nog voor ik 'vind ik ook' kan zeggen, trekt Maarten me naar zich toe en buigt hij zich over me heen. Doortastend, maar tegelijkertijd extreem teder om mijn buik niet te pletten. Dan, met mijn gezicht tussen zijn handen geklemd, kust hij me. En kust hij me. En kust hij me. Een uit pure hartstocht en heimwee samengestelde kus, die me van top tot teen doet gloeien, anders kan ik het niet omschrijven. In de momenten die volgen flitst ons leven samen aan me voorbij. Hoe hij zijn leerlingen destijds voor het raam van mijn klaslokaal had gezet met een paar A4'tjes in hun handen, met daarop de tekst *Juf Sarah, wil je verkering met mij?* Maar ook het traject. Kleffie en Beffie. Heino. Hoe we sinds de bollenvelden nog veel vaker risico hadden genomen. Bijvoorbeeld toen we tijdens onze eerste zomervakantie samen illegaal hadden wildgekampeerd in de Ardennen. En onze zelfgevangen en -bereide vis zo verkeerd viel dat hij de hele nacht boven de geïmproviseerde wc achter een beuk had gehangen. Of toen we ons een keer vlak na zessen in een IKEA-kledingkast hadden verstopt (maar net niet de ballen hadden om nog een uur te blijven zitten). Ik had een dag later nog spierpijn van het lachen gehad. En ik denk aan de gesprekken over onze vaders, die verbazingwekkend — bijna eng — veel gemeen met elkaar bleken te hebben gehad.

Doodzonde dat ze elkaar nooit gekend hebben.

We staan inmiddels half achter een boom verscholen als Maarten zich plots weer losrukt, zijn hoofd wild heen en weer schudt en met zijn armen een schuldig gebaar maakt. 'Sorry! Sorry, ik weet niet wat me... Ik liet me denk ik...'

'Ssst...' Ik druk mijn wijsvinger tegen zijn lippen. Mijn navel raakt zijn gulp net. 'Geen zorgen. Kom.' Ik pak hem vast en fatsoeneer met mijn vrije hand mijn haar. Maarten doet hetzelfde met zijn kapsel en ik trek hem mee de straat op. 'Dan gaan we nu écht naar mijn vaders boot. Benieuwd of de nieuwe eigenaren nog wat hebben veranderd — en hoe Pringles het vindt bij haar nieuwe baasjes.'

Terwijl de buitentemperatuur inmiddels tot onder het vriespunt is gedaald, trekt er een aangename warmte door mijn aderen. Maarten en ik waren tegen het einde van de middag nog lang niet uitgepraat geweest en dus had ik uiteindelijk ingestemd bij hem thuis te blijven eten. Speciaal voor mij had hij risotto gemaakt, een van mijn lievelingsgerechten. Helemaal zoals hij het altijd bereidde, met extra paddenstoelen en olie van restaurantkwaliteit. Ik had ervan gesmuld. Net als van zijn subtiele aanrakingen tijdens het eten. Zijn warme vingers op mijn pols. Zijn knie tegen de mijne. Ze hadden de afgelopen uren een bijna betoverende werking op me gehad. Wat had ik dit gemist. Wat had ik hém gemist! Toen Maarten me tijdens het afruimen voorzichtig had gevraagd te blijven slapen, had ik dan ook volmondig 'ja' gezegd, met als toevoeging: 'Zonder af en toe wat risico lopen, is het leven ook maar saai, toch?'

Ik kijk de badkamer rond, waar Maarten me even alleen gelaten heeft. *Nog altijd die gentleman.* Het voelt anders dan de laatste keer dat ik in dit huis was. Minder ongemakkelijk. Meer vertrouwd. Toch blijft er iets kriebelen. Ik zet de warme kraan van het bad aan, gooi er een bruin flesje badgel in leeg en draai dan ook de koude kraan nog een beetje open. Terwijl het water loopt, schuifel ik zo stil mogelijk naar het trapgat. Beneden hoor ik Maarten druk bellen met zijn moeder. Ik sluip weer terug naar de badkamer en trek dan de deur wat meer dicht, tot hij op een kier staat. Ik open wat lades en kastjes en adem dan eens goed uit. *Nergens ook maar een spoor van een andere vrouw.* Niet dat ik dat had verwacht — en niet dat het wat zegt — maar ik moest het gewoon gecheckt hebben. Voor mijn eigen gemoedsrust.

Dan kleed ik me uit. Mijn kleding leg ik op een keurig stapeltje op de wc-bril. Dan loop ik op de geur van dennennaalden af. Voorzichtig voel ik met mijn vingers of de temperatuur goed is. Als ik nog wat extra koud water heb toegevoegd, stap ik langzaam het bad in. *Ooo… wat heb ik ook dit gemist!*

'Kom er zo aan!' hoor ik Maarten van beneden gillen.

'Rustig aan!' roep ik terug.

Ik pak mijn telefoon van de wasbak en open mijn berichtenbox.

Mil, FYI, ik kom morgen pas naar huis. Kwam Maarten tegen. Rest volgt. Xx

Nog geen vijf seconden later krijg ik al een reactie.

Wait, what? Maarten? Morgen pas naar huis? Zoveel vragen, voorzichtig!! XXX

Ik moet in mezelf lachen, maar besluit Milou morgenochtend in de auto pas te bellen. *Even ontspannen…* Met beleid laat ik mezelf nog wat meer zakken in het lauwwarme water. Ik sluit mijn ogen en haal dan een paar keer heel diep adem. Eén hand leg ik tegen de onderkant van mijn buik, waar ik mijn dochter subtiel tegenaan voel drukken. De ander rust op de rand van het bad.

'Hé dames, mag ik erbij?'

Ik grinnik. 'Het is jouw bad!'

'Doe vooral of je thuis bent, of wéér thuis bent,' antwoordt Maarten, terwijl hij zijn jeans en hoodie in een hoek van de badkamer op een hoop gooit. *Mannen…* 'Eh, Saar,' zegt hij dan, als hij in zijn boxer staat en de overgebleven ruimte tussen mijn benen inspecteert, 'dit gaat hem niet worden natuurlijk.'

'Niet? Ik kan nog wel...'

'Nee,' besluit hij, zonder me mijn zin te laten afmaken. 'Veel te gevaarlijk voor de baby. Ik pak wel even een stoel uit de slaapkamer.' Bij de deur kijkt hij achterom en richt hij zijn vinger op mij. 'Niet stiekem weggaan, hè?'

Ik lach en antwoord sarcastisch: 'Dat zou ik toch nooit doen?'

'Wauw...' weet Maarten na een paar momenten van stilte uit te brengen als hij weer aan mijn voeteneind is komen zitten. Hij laat zijn ogen over mijn naakte lichaam glijden. 'Je bent eh… Je bent nog net zo mooi als toen.'

Ik voel dat ik bloos. Mijn lippen lijken tijdelijk buiten werking en dus zeg ik maar niets. In plaats daarvan pak ik zijn hand en leg hem voorzichtig op de plek waar ik de frummel in mijn buik net nog voelde trappen. Hij voelt het nu ook, zie ik aan zijn grote ogen.

'Hè? Is dit...?'

'Ja, bizar toch?'

'Heel onwerkelijk.'

Plots verandert de blik in zijn ogen. Alsof ik naar een twintig jaar jongere versie van Maarten kijk, wiens knikkers net zijn afgepakt op het schoolplein. Hij kucht en staat dan op om zijn shirt weer aan te trekken, waarna hij weer plaatsneemt op de stoel.

'Maart? Gaat-ie wel?'

'Jawel.'

Plots buigt hij zijn hoofd naar zijn knieën toe en slaat hij zijn handen voor zijn gezicht. Ik zie zijn vingertoppen zijn voorhoofd masseren.

Huilt hij nou?

'Hé, gaat-ie?' vraag ik weer, nu zachter, terwijl ik met twee vingers de rug van zijn hand streel. Dan realiseer ik me pas hoe confronterend dit voor hem moet zijn. Na bijna twee jaar samen worstelen krijgt een of andere omhooggevallen lamlul zijn ex ineens zonder problemen zwanger. Wat moet dat wel niet met het ego van een man doen? Ik kan mezelf wel voor mijn kop slaan. 'Sorry, ik wilde niet...'

'No worries,' wuift Maarten mijn excuses vanachter zijn handen hoofdschuddend weg. Dan schiet hij weer omhoog. Zijn voorhoofd is rood van het wrijven. 'Luister, er is iets wat ik jou ook nog moet vertellen. Maar kom anders eerst uit bad, dat praat wat relaxter.'

Mijn hart klopt in mijn keel. 'Wacht, wat moet je nog

vertellen dan?' vraag ik. *Heb ik soms een föhn over het hoofd gezien? Make-up?* Mijn stem trilt, merk ik.

'Kom,' hij steekt zijn hand uit. 'Ik help je er even uit.'

'Maart, wat is er aan de hand?'

Als hij merkt dat tegen een hoogzwangere vrouw ingaan is als vechten tegen de bierkaai, ploft hij weer neer op de stoel. 'Oké, let's do this,' lijkt hij dan eerder tegen zichzelf dan tegen mij te zeggen. 'Saar, niet schrikken,' — *ik hoop dat ik aan het einde van deze avond nog een hart héb, dat dat niet als een NASA-raket mijn borst uit is geknald* — 'maar waarom dit opeens zo binnenkomt is omdat ik laatst ontdekte...,' — *ik trek dit niet langer* — 'dat ik onvruchtbaar ben.'

Een paar minuten later liggen we samen op bed, starend naar het plafond. Maarten heeft zijn armen in zijn nek gelegd. De mijne liggen in elkaar gevouwen tussen mijn borsten en mijn buik. Ze bedekken de neus van de leeuw op het zwarte shirt dat ik voor vannacht mocht lenen. Mijn ogen branden nog wat na. Als ik opzij kijk, zie ik dat ook die van Maarten nog rood zijn.

Ik leg een hand op zijn heup. 'Je hoeft het niet verder uit te leggen, hè?' Een glasharde leugen, vanbinnen word ik gek van nieuwsgierigheid. Tegelijkertijd weet ik als geen ander dat jezelf verantwoorden tegenover anderen soms het laatste is waar je zin in hebt in dit soort situaties. Hij draait zijn hoofd naar me toe. 'Ik meen het,' lieg ik weer. 'Doe vooral wat goed voelt.'

'Altijd.'

We zwijgen. Buiten miauwt een kat.

Dan draait Maarten zich naar me toe. Zijn wang rust nu op een van zijn handpalmen. Hij ziet er moe uit. 'Vind je het goed als we dit gesprek morgen voortzetten?'

'Ja, tuurlijk. Het was best een intensieve dag, hè?' Een gaap ontglipt me.

'Zeg dat wel.' Maartens ogen volgen zijn vingers, die zich voor de tweede keer deze avond zachtjes over mijn buik bewegen. 'Jij bent in elk geval prachtig. Echt prachtig.'

'Hm. Lief.'

Onze ogen vinden elkaar. Een nieuwe kus. Nieuwe koolwitjes.

'Hé, Saar,' zegt hij dan zacht.

'Ja?'

Hij kijkt omhoog. 'Wat zou je ervan vinden om weer bij me te komen wonen?'

Zó, die zag ik even niet aankomen. 'Eh...' Verder kom ik niet.

Maarten gaat in kleermakerszit zitten en pakt mijn beide handen, terwijl zijn pupillen de mijne in hun greep houden. 'Luister, ik weet het, het gaat misschien wat snel. En echt, ik wil je alle tijd geven om hier goed over na te denken, hoor. Helemaal met het nieuws dat je net gekregen hebt. Ik praat je ook echt nog bij. Maar, je kent me inmiddels. Als iets niet vanzelf gaat, haak ik af. Maar als iets wél goed voelt daarentegen,' hij streelt over het topje van mijn neus, 'dan vecht ik ervoor.'

'Ik,' stamel ik, 'ik weet even niet...'

'Relax, mop.' *Mop... wat klinkt dat weer vertrouwd.* Hij streelt door mijn rode lokken en kust dan mijn voorhoofd. 'Geen haast, zei ik. Morgen verder, goed?'

'Ja, goed. Morgen verder.'

Een uur later voel ik de afdruk van Maartens lippen nog boven mijn wenkbrauw. Hij ligt op zijn zij, met zijn rug naar me toe gedraaid. Ik lig in dezelfde houding, met mijn blote knieën wat opgetrokken onder het dekbed. We raken elkaar niet. Een gewoonte van vroeger: knuffelen voor het slapengaan vinden we heerlijk, maar zodra de luiken sluiten hechten we waarde aan onze eigen ruimte. Ik ben doodop van alle emoties, maar tegelijkertijd draait de fabriek in mijn hoofd overuren. Mijn bedpartner daarentegen verkeert al in diepe slaap. In zijn nek spot ik wat grijze haren.

Ik draai me weer op mijn rug en staar naar het plafond. Ik denk terug aan onze kus aan de Amstel. Dezelfde kriebels in mijn buik als de laatste keer dat ik in de Python zat. Maar toch zo anders. Ik geloof niet dat er ooit eerder zoveel loskwam bij een simpele zoen. Simpel? Niks simpel. Onze monden vertelden een heus verháál.

Ik sluit mijn ogen en adem eens diep in en uit. *Wat moet ik nou?* Maarten heeft de hoofdsleutel naar mijn hart. Nog steeds. Dat is vandaag wel gebleken. Maar tegelijkertijd weet ik nu ook dat waar we al die jaren zó hard voor gestreden hebben, nooit realiteit zal worden. Nooit zullen we samen een kindje op de wereld zetten, mochten we weer voor elkaar gaan. Een besef dat nu pas langzaamaan begint door te dringen. Langs mijn neus voel ik een traan naar beneden glijden. Ik begin ook een beetje hoofdpijn te krijgen. Voorzichtig kruip ik uit bed en loop op mijn blote voeten over het verwarmde laminaat naar de badkamer. Nog voor ik de drempel over ben, stokt mijn ademhaling. Mijn ogen worden groot als mijn blik op het voorwerp boven de wc valt. *Waarom zie ik dit nu pas?*

Op het zwarte metalen plankje staat een piepklein plantenpotje. Een piepklein plantenpotje met daarin een klavertjevier.

'Het syndroom van watte?'

'Klinefelter. Ik had er ook nog nooit van gehoord. Maar het verklaart wel zijn vergeetachtigheid.' *En het gebrek aan haar op ongeveer zijn hele lichaam.* 'Hij liet zich testen op dementie, dat bleek zijn eigen vader uiteindelijk ook te hebben, maar toen kwam dit er dus uit.'

'Jeetje.'

Ik zet mijn auto in een van de parkeervakken van

de McDonald's en hap in mijn McKroket. *Mijn god, wat had ik híér zin in!*

'O, moment, chica.' Ik hoor Milou aan de andere kant van de lijn 'Ja tot ziens, hè, fijne terugreis!' naar iemand roepen. 'Pff, de dag is nog maar net begonnen, maar het is hier nu al een gekkenhuis!'

'Goed, toch! Als het verkeer meezit dan ben ik over een klein uurtje weer bij je, dan kan ik nog wel wat administratie wegwerken.'

'Welnee, ga jij nou maar lekker tranquilo genieten van je verlof! Maar vertel, waar waren we? O, moment, ik doe de deur van de keuken wel even dicht.'

'Au!'

'Wat doe je?'

'Brain freeze, nam iets te fanatiek een slok van mijn cola, geloof ik.'

'Ooo, muts!'

Ik wacht tot de pijnscheut is weggetrokken. Dan leg ik mijn broodje op de stoel naast me, pak ik mijn telefoon uit de houder en zet ik hem tegen mijn oor.

'Maar goed, pff… ik weet het gewoon even niet, Mil. Weet je, het was écht weer heel fijn gisteren. Vanouds fijn. Zo fijn... dat ik geloof ik stiekem al heb laten doorschemeren dat ik ervoor open sta opnieuw bij hem in te trekken.'

'Ja, dáág! Wat maak je me nou, vriendin?'

'Nou ja, ik heb nog niks vastgelegd, of zo...'

'Saar, chill, geintje. Als jij maar gelukkig bent.'

'Dat is het hem nou juist.' Een weekendkracht geeft de pubers in de auto naast me nog een papieren zak met bestellingen. 'Maarten kán me gelukkig maken. Ik bedoel… als ik iemands kont wil wassen als we oud en lelijk zijn is het de zijne wel.'

'Gadver!'

'Maar we zullen nooit samen iemands ouders zijn.'

'Dat is echt definitief?'

'Voor zover ik het begrijp wel. In het Waerder hebben ze hem nooit onderzocht, omdat al vrij snel duidelijk werd dat het, tussen haakjes, aan mij lag.'

Het blijft stil. 'Zou hij wel voor de kleine in je buik willen zorgen?'

'Hij zegt van wel.'

'Dat geloof ik meteen, Maarten kennende. Weet je, chick, anders kletsen we vanavond nog even verder, als de gasten uit eten zijn. Maar eh, als je het mij vraagt is dit gewoon hartstikke meant to be. Ook vanwege dat klavertjevier waar je net over vertelde. Dit moet toch een teken van je vader zijn?'

Ik trek een mondhoek omhoog. 'Ik dacht dat jij nooit geloofde in het lot, maar alleen in toeval?'

'Toevallig in dit geval wel.'

2020

December

Op 20 december is het dan zover. Na anderhalf intense, maar o zo fijne jaren in het Zeeuwse, is het tijd voor een nieuw hoofdstuk. Of eigenlijk: een heel nieuw boek.

Milou had gelijk, zo had ik een week na onze spontane (of volgens haar door het lot bepaalde) ontmoeting op de begraafplaats geconcludeerd. Ik kon niet anders dan gehoor geven aan mijn gevoel én verstand en terug naar het leven in Velserbroek. Terug naar het leven samen met Maarten, die beloofd had er alles aan te doen om 'zijn meisjes' gelukkig te maken. Voel ik me nog altijd als Bambi, die elk moment een uitglijder kan maken of in zijn enthousiasme in een wak belandt? Absoluut. En toch spring ik maar al te graag in dat stervenskoude diepe.

Komt dat vijfdelig skipak toch nog van pas.

Eerlijk is eerlijk: ergens voel ik me nog altijd verschrikkelijk schuldig tegenover Jop, die ik inmiddels ook op de hoogte had gesteld van alle ontwikkelingen. Al weet ik zeker dat ook hij me al het geluk van de wereld gunt. En ja, de kans dat ik weer op mijn bek ga op dit levensgevaarlijk gladde ijs is bijzonder groot. Maar tegelijkertijd geloof ik er inmiddels heilig in dat Maarten niet voor niets weer op mijn pad is gekomen.

Al had ik er drie hints van het universum voor nodig om dat in te zien.

Vanmorgen had de gemeente Velsen me al officieel welkom geheten als nieuwe bewoner. En ook van De Akker had ik inmiddels per e-mail een bevestiging gehad. Na mijn verlof pak ik er mijn oude functie op, nadat er een functie was vrijgekomen bij de onderbouw en mijn oud-collega's me zo ongeveer gesmeekt hadden weer terug te komen. Ik kan oprecht niet wachten.

Terwijl Maarten, Bart en Jan de laatste spullen inladen in de verhuiswagen, zit ik met Jop in de eetzaal van De Oase aan de verse muntthee. Aan de achterkant van het pand geeft Milou Maike een beknopte rondleiding. Omdat ik de laatste weken al niet meer thuis sliep, is mijn oude woon- en slaapruimte inmiddels vakkundig omgetoverd tot yoga- en pilateszaal. De tuin, waar ik zelf door het succes van de B&B nog maar weinig tijd voor had gevonden, neemt Bart momenteel onder handen.

'Je lijkt wel een bouwvakker,' grinnikt Jop, terwijl ik een druppel honing in mijn thee laat zakken. Hij knikt met zijn hoofd in de richting van mijn benen, die naast de tafel wagenwijd uit elkaar staan.

'Hé, pas op jij,' grap ik terug, mijn vinger in de lucht zwaaiend. 'Ik zou het maar op een lopen zetten als ik jou was. Vrouwen in deze toestand,' ik maak cirkels rond mijn buik, 'zijn levensgevaarlijk!'

'En hebben een conditie van niks,' kaatst Jop meteen messcherp terug.

'Oké, oké, goed punt, jij wint.'

'Goh, toch wel gek, hoor,' zegt hij dan opeens bloedserieus. Een bierviltje danst tussen zijn vingers. Alsof het niet de zijne zijn, bekijkt hij het spel dat zich voor zijn ogen op tafel afspeelt. Even lijkt hij in een andere wereld te zitten. Dan kijkt hij me plots diep in mijn ogen aan. 'Weet je, Saar, ik eh...'

Buiten hoor ik de achterklep van de vrachtwagen dichtslaan. Tegelijk werpen we een blik op de drie mannen, die aan de andere kant van het raam nog druk met elkaar in gesprek zijn.

Dan richt Jop zich weer tot mij en vervolgt hij het gesprek, deze keer iets zachter. 'Ik geloof dat ik nu pas besef dat jij en ik... Nou ja, hoe moet ik dat zeggen? Ik had het denk ik graag anders gezien tussen ons. Je bent gewoon bijzonder, Saar.'

'Ah, Jop... Wat lief!'

'En misschien had ik wat meer moeite voor je moeten doen, maar ergens is het goed dat ik je niet meer wekelijks tegenkom bij de supermarkt of op het werk. Eigenlijk kan ik nu pas echt door met mijn leven. En daar ben ik je dankbaar voor.'

Zijn laatste woorden overvallen me. Ik wist niet dat ik na al die tijd nog steeds zo diep bij hem zat. Ik had gehoopt dat het kwartje op de midgetgolfbaan al was gevallen.

'Hé, kijk me eens aan,' zeg ik dan, terwijl ik mijn hand op zijn bovenarm laat rusten. 'Dat ik straks 250 kilometer hiervandaan zit, mét een kind en een andere vent, betekent niet dat je nooit meer wat van me zult horen, hè?'

'Nee, dat is waar. Althans, ik hoop het.'

'Ik draag je voor altijd met me mee, hoor, lieve Jop. En je mag altijd bellen, als je wil kletsen.'

'Beloofd?'

'*Pinky promise.*'

Een klein half uur later zitten Maarten en ik dan eindelijk in de auto. Het afscheid viel me zwaarder dan ik dacht, al geef ik nog altijd graag mijn prominent aanwezige hormoonstelsel de schuld van hysterische huilbuien zoals die van vandaag. Milou en Bart zullen we nog regelmatig in het westen treffen, als ze met Sem op bezoek zijn bij de opa's en oma's. Maar Jop, Jan en Maike kunnen niet zomaar weg van hun werk. Wanneer ik ze weer zie, weet ik dan ook niet. Het voelt alsof ik een geamputeerde ledemaat achterlaat in het zuiden. Tegelijkertijd kan ik niet wachten mijn nieuwe leven met Maarten en onze kleine meid op te bouwen. Het is alsof een sprookje, na het te lijf gaan van een hele roedel boze wolven, tóch werkelijkheid wordt.

Terwijl Maarten via de carkit een gesprek met een van zijn klanten afrondt, zet ik de radio zachtjes aan. Ik draai het wiel van mijn passagiersstoel een paar tikken naar achteren, waardoor ik meer horizontaal kom te liggen. Dan, als ik mijn ogen sluit, begint op Sky Radio Paskal Jakobsen bijna fluisterend aan zijn derde couplet.

De stad ligt achter ons, we kijken naar elkaar
Het wordt nooit meer hetzelfde, wij hier, de wereld daar
En ik weet wel wat ze denkt nu: we kunnen niet meer terug...

2021

Januari

'Het spijt me aanzienlijk, mevrouw Scholten, maar we kunnen nu echt niet meer terug. Ik zie zijn haartjes al.'

'Háár haartjes!' sneer ik naar de verloskundige tussen mijn benen, vlak voor de heftigste wee tot nu toe de overhand neemt. 'Aaargh! Stop! Ik kan dit niet!'

'Puffen schat, pffffff… pff, pff, pfffff…,' probeert Maarten me door de helse pijnen heen te slepen, terwijl zijn hand met daarin een natte theedoek tegen mijn voorhoofd drukt. Zijn andere knijp ik zó fijn dat zijn vingertoppen inmiddels paars zijn geworden. Ik heb het niet door. Het enige wat ik wil, is dat kind eruit. En wel nú. *Als ze me dit destijds bij onze intake op de poli Fertiliteit hadden verteld, had me dat een hoop ellende kunnen besparen.*

Gisteravond laat waren de weeën begonnen, nadat mijn vliezen onder het eten waren gebroken. Gek genoeg was niet paniek, maar opluchting mijn eerste reactie geweest, vanwege het feit dat het vocht op de keukenvloer was terechtgekomen en niet op ons handgemaakte Perzische tapijt. De rest van de avond had ik de ademhalingstechnieken van de zwangerschapsyoga kunnen toepassen en me goed door de gemene steken heen weten te slaan. Uiteindelijk waren we toch maar gaan slapen. Ik was net ingedommeld toen de weeën zich tegen middernacht steeds vaker hadden aangediend. Ook de pijn was inmiddels niet meer weg te puffen geweest. Na een half uur rondjes lopen (waggelen) om de salontafel en tellen, tellen, tellen, hadden we verloskundige Eva gebeld, die meteen in de auto was gesprongen. Of in de straaljager, want nog geen tien minuten later had ze al op de stoep gestaan. Vanaf dat moment ging het hard. Tijd om een degelijke outfit aan te trekken, had ik niet gekregen. 'Tenzij je op de A22 wil bevallen,' zo had haar argument geluid nadat ze had geconstateerd dat ik al acht centimeter ontsluiting had. Ik had er niet tegenop gekund.

'Oké, mevrouw Scholten, u gaat nu eens heel goed naar me luisteren,' zegt de verloskundige die Eva zojuist had afgelost dan streng, terwijl we in afwachting zijn van de volgende wee. *Tineke* lees ik nu pas op het naambordje van de stevig gebouwde vrouw met een pikzwart, stekelig kapsel. Beste vriendinnen zullen we nooit worden, zo merkte ik al aan haar afstandelijke houding toen we haar vannacht voor het eerst troffen in deze kamer. We wachten nog altijd op ons glaasje water — hoewel ik op dit moment andere dingen aan mijn hoofd heb.

'Bij de volgende wee geeft u álles. Des te sneller kunnen we allemaal naar huis.'

Hè? Hoorde ik dat nou goed?

'Sorry, maar nu ben ik er klaar mee,' zegt Maarten dan resoluut, terwijl hij mijn hand loslaat en zijn vinger op Tineke richt. 'Luister, u heeft voor dit vak gekozen en gaat nu mijn kind,' — *zei hij nou 'mijn'?* – 'op de wereld zetten, zoals…'

'MAART! HAND, NU!'

'Olivia Toet Scholten,' herhaalt Milou knikkend, als ik haar een klein uur na de bevalling via FaceTime voorstel aan mijn dochter, die uiteindelijk op 23 januari had besloten mijn comfortabele baarmoedersuite in te ruilen voor de wijde wereld. Vlak na de geboorte had ik Milou, Maike en Jop al een foto gestuurd van Olivia, al liggend op mijn blote borst, met het bericht dat ik hen nog wel zou bellen. Milou had bovenaan mijn lijstje gestaan. 'Haar naam is al net zo mooi als zijzelf,' zegt ze dan, met een verliefde blik in haar ogen. 'En dan dat pakje!'

Olivia's fragiele poppenlijfje was een paar minuten eerder door een verpleegkundige voorzichtig in de bruine beren-onesie gestopt, het item dat bovenop had gelegen in de bevallingstas. Ik wist dat ze in het pakje zou zwemmen, maar ik móést haar er gewoon in zien. Ze had overduidelijk geen trek gehad in een verkleedpartijtje, want al snel hadden de traantjes over haar perzikroze wangetjes gebiggeld.

In de hoop haar te kalmeren, loopt Maarten

inmiddels al een kwartier sussend en wiegend door de kamer, met Olivia zachtjes tegen zijn schouder aan gedrukt. Terwijl Milou vertelt over de stand van zaken in de B&B, luister ik maar nauwelijks. Ik word afgeleid door het aandoenlijke tafereel voor me.

Ik dacht dat ik het al flink te pakken had, maar weet nu pas écht zeker dat dit de man is waarmee ik oud wil worden.

Plotseling wordt er een paar keer aangeklopt, waarna ik het nieuwsgierige hoofd van Charlot van achter de deur zie verschijnen, gevolgd door dat van mijn neefje. 'Zus! Ben je decent? Of moeten we nog even wachten?'

'Nee joh, kom verder!' wenkt Maarten hen met zijn vrije hand.

Het huilen van Olivia is overgegaan in jammeren. Ik beloof Milou dat ik haar later terugbel en leg mijn telefoon weer aan de lader op het ziekenhuiskastje naast mijn bed. Dan draai ik mijn hoofd weer naar de ingang van de kamer en schrik me een ongeluk als er nog iemand anders binnen komt lopen.

'Wat doe jij nou hier?' vraagt Maarten, die eveneens met stomheid geslagen is. Hij is inmiddels weer gaan zitten en heeft zijn pink in Olivia's mond gestopt.

'Ja sorry zus, ik kwam hem tegen bij de balie beneden en kon hem moeilijk...'

'Verrassing!'

Pas als Charlot, Daan en Jop weer zijn vertrokken, komt alle emotie van niet alleen de afgelopen uren, maar ook de afgelopen jaren eruit.

'Hé! Hé, lieffie!' Als Maarten mijn tranen ontdekt, legt hij Olivia voorzichtig in haar bedje aan mijn linkerkant, waarna hij haar liefdevol instopt, alsof hij al jaren niet anders doet. Ik volg zijn handelingen op de voet. Zelfs nu ze in levenden lijve naast me ligt, kan ik het nog steeds niet bevatten. *Dit mooie meisje is gewoon van mij!*

Als ik haar tevreden geluidjes hoor maken, komt Maarten aan mijn bed zitten en pakt hij mijn handen stevig vast. 'Het is ook allemaal niet niks, zo'n bevalling.'

'Dat is het niet,' antwoord ik, terwijl ik mijn ogen droogdep met de mouwen van mijn blauwe ziekenhuispyjama, waarop van boven tot onder hartjes zijn getekend.

Maarten veegt een achtergebleven traan van mijn kaak.

'Ik kan gewoon niet geloven dat we hier nu staan, Maart. Ik had nooit durven dromen dat jij je op zo'n manier over Olivia zou ontfermen. Nu al. Over een kind dat jij niet eens zelf hebt gemáákt.'

Mijn opmerking viel blijkbaar verkeerd, want al snel slaat de stemming om en laat Maarten beledigd mijn handen weer los. 'Schat, ik zou het op prijs stellen als we dat deel vanaf nu gewoon kunnen skippen. Ik weet dat ik er niet bij was toen ze verwekt werd, maar moet je me daar nou constant aan herinneren?' Hij staat op om zijn flesje water bij te vullen. 'Olivia is vanaf nu ónze dochter,' zegt hij dan stellig, met zijn voorkant naar de wasbak gekeerd. 'Niet van jou en een of andere randdebiel zonder geweten.'

'Nee,' antwoord ik dan schuldbewust, terwijl ik mijn kin op mijn borst laat rusten en uit ongemak met de touwtjes van mijn pyjamabroek speel. 'Je hebt ook gelijk. Ik had er niet over moeten beginnen. Het spijt me.'

Een paar tellen blijft het angstvallig stil in de kamer. Op de gang hoor ik een paar artsen druk overleggen over een andere patiënte, die blijkbaar een keizersnede te wachten staat.

'Het is al goed,' zegt Maarten dan zacht. Hij staat inmiddels over Olivia heen gebogen en trekt het lichtgele, katoenen mutsje op haar hoofd nog eens recht. Op de voorkant ervan staan drie vlinders afgebeeld, twee grote en één kleine. 'Omdat we straks een gezinnetje zijn,' zo had hij gezegd toen hij het mij cadeau had gegeven.

Ik kan het nog steeds niet bevatten. De tientallen pillen en spuiten. De operatie. De ontelbare streepjes tegen, die er uiteindelijk toe hadden geleid dat Maarten en ik elkaar op weg naar dat wat ons voor altijd had moeten verbinden, juist compleet uit het oog waren verloren. En nu, nu zitten we hier. Samen.

Mét een kind dat misschien niet biologisch van hem is, maar waarvan hij heeft toegezegd het te gaan opvoeden alsof het het zijne is.

Het vruchtbaarheidstraject zal jullie voor altijd verbinden. Had Maike toch gelijk gekregen.

Nawoord

Met het in eigen beheer uitgeven van *Een Streepje Tegen* is een meisjesdroom in vervulling gegaan. Als kind al was taal zeg maar echt mijn ding, en anno 2021 schrijf ik nog elke dag. Van sinterklaasvers tot teksten voor de pers. En nu lees jij dit nawoord, van mijn allereerste boek! Natuurlijk hoop ik van harte dat je net zo bent meegezogen in Sarahs wereld als ik. Maar voldeed deze roman onverhoopt niet aan je verwachtingen? Ook dan hoor ik graag van je. Ik zie je review (bijvoorbeeld via Hebban.nl, zoek op *Wendy de Liefde* of *Een Streepje Tegen*) graag tegemoet, zodat ik jouw feedback kan meenemen bij het publiceren van volgende werken. Want dat een boek schrijven verslavend is, dát heb ik de afgelopen anderhalf jaar wel aan den lijve mogen ondervinden. De start van feelgood twee is inmiddels dan ook gemaakt.

Een nawoord is geen nawoord zonder dankwoord. Allereerst een megadankjewel richting mijn ouders en broertje, op wie ik al 34 jaar onvoorwaardelijk kan bouwen. De laatste, Danny, ontwierp daarbij de cover van dit boek, waarop ik direct verliefd werd. Een extra dikke pakkerd voor mijn liefste opa en oma, die tot aan hun overlijden vorig jaar elk krantenknipsel of andere publicatie van — of over — hun kleindochter boven hun bed hingen. En voor mijn andere oma, van wie ik de artistieke genen mocht erven. Liefste Sas en schoonfamilie: fijn dat ook jullie altijd achter me staan. Dat geldt eveneens voor mijn vriendinnen, die ik ontzettend dankbaar ben voor hun onuitputtelijke enthousiasme over deze publicatie. In het bijzonder Baukje, Carline, Denise, Monique en Nicole. En in het bijzonder in het bijzonder Guusje, Josien, Kelly en Lisa, die een deel van hun kostbare tijd wilden geven om *Een Streepje Tegen* naar het gewenste niveau te tillen. Jullie zijn kanjers. Nanda, zonder jouw hulp was ik nooit zo ver gekomen. Bedankt dat je zó in mij en mijn werk gelooft. En Sanne, ook dankzij jouw messcherpe suggesties is dit boek in mijn ogen perfect geworden. Hartelijk dank allebei!

Tot slot richt ik me graag tot Mark, mijn eigen Maarten, die de afgelopen jaren bij alle ups en downs aan mijn zij stond — en zonder wie dit boek überhaupt niet geschreven zou zijn. Ik hou van je.

Sarah Scholten, ik kan niet anders dan jou een ereplekje geven op deze pagina. Dankzij jou mocht ik toch éven van het moederschap proeven. Beloof je me dat je zult blijven dromen?

Meer Wendy de Liefde? Volg @wendydeliefde op Instagram en Facebook voor boek-updates — of kijk op www.wendydeliefde.nl.

21W44095/ T1/ 9789490983994